SARAH CROSSAN

EINS

Bereits im Mixtvision Verlag erschienen:

Die Sprache des Wassers
Nicu & Jess
Wer ist Edward Moon?

Für die deutschsprachige Ausgabe:
© Mixtvision Verlag, München 2017
www.mixtvision.de

Unterrichtsmaterial vorhanden

ISBN: 978-3-95854-232-7
Auch als E-Book erhältlich

SARAH CROSSAN

EINS

Aus dem Englischen
von Cordula Setsman

MIXTVISION
Weiter. Erzählen.

Für Ben Fox (1998 – 2014)
– reite immer weiter

August

Schwestern

Hier.
Sind. Wir.

Und wir leben.

Ist das nicht unglaublich?

Wie wir es schaffen,
überhaupt
zu existieren.

Das Ende des Sommers

Der heiße Atem des Sommers wird allmählich kühler.
Das Tintenblau der Nacht senkt sich früher und früher herab.
Und wie aus heiterem Himmel
verkündet Mum, dass Tippi und ich
nicht länger zu Hause unterrichtet werden.
„Ab September
werdet ihr zur Schule gehen
wie alle anderen auch", sagt sie.

Ich mache keinen
Aufstand.

Ich höre zu
und nicke
und zupfe an einem losen Faden an meiner Bluse herum,
bis ein Knopf

abfällt.

Aber Tippi bleibt nicht stumm.

Sie explodiert:

„Willst du mich *verarschen*?
Habt ihr beide den *Verstand* verloren?", brüllt sie
und debattiert stundenlang mit Mum und Dad.

Ich höre zu
und nicke
und pule an meiner Nagelhaut herum,
bis sie anfängt

zu bluten.

Schließlich massiert Mum sich die Schläfen, seufzt und
sagt es uns geradeheraus.
„Die Spenden von euren Gönnern sind aufgebraucht
und wir können es uns einfach nicht mehr leisten,
euch zu Hause zu unterrichten.
Ihr wisst, dass euer Dad noch keinen neuen Job hat,
und Grammies Rente
reicht nicht mal für die Telefonrechnung."

„Ihr Mädchen seid ziemlich kostspielig", fügt Dad hinzu,
als ob sie all das Geld, das sie für uns ausgeben
– die Krankenhausrechnungen und
maßgeschneiderten Klamotten –
sparen könnten, wenn wir beide uns
nur
ein bisschen besser benehmen würden.

Schon klar,
Tippi und ich sind nicht gerade das, was man normal nennt –
nichts, was man jeden Tag zu sehen bekommt
oder an *irgendeinem* Tag,
wenn wir schon dabei sind.

Jeder, der auch nur über einen Funken guter Manieren verfügt,
bezeichnet uns als verbunden
obwohl wir auch schon ganz anders tituliert wurden:
Freaks, Chimären,
Monster, Mutanten
und einmal sogar als zweiköpfiger Dämon,
weshalb ich so sehr geweint habe,
dass ich eine Woche lang verquollene Augen hatte.

Aber es lässt sich nicht leugnen, dass wir anders sind.

Wir sind buchstäblich miteinander verbunden,
an der Hüfte –
vereint in Blut und Knochen.

Und
deshalb
sind wir
nie zur Schule gegangen.

Jahrelang haben wir chemische Tränke
am Küchentisch gebraut
und den Garten als Sportplatz genutzt.

Aber jetzt
führt kein Weg dran vorbei;
wir *werden* zur Schule gehen.

Es wird keine öffentliche Schule sein
wie sie unsere Schwester Dragon besucht,
wo Schüler die Lehrer mit Messern bedrohen
und in der Pause Tipp-Ex schlucken.

Nein, nein, nein.

Die Gemeinde kann nicht für unseren Hausunterricht
aufkommen, aber
sie bezahlt uns
das Schulgeld
für einen Platz an einer Privatschule
– Hornbeacon High –
und Hornbeacon hat zugestimmt, dass dieser eine Platz
für uns beide zählt.

Ich nehme an, wir sollten uns als Glückspilze betrachten.

Aber Glückspilz ist nicht das Wort,
mit dem ich
uns
je beschreiben würde.

Jeder

Dragon streckt sich auf dem Doppelbett aus,
das ich mit Tippi teile,
ihre geschundenen Füße lang gestreckt, während sie
ihre Zehennägel in einem dunklen Metallicblau lackiert.
„Ich weiß nicht,
es könnte euch gefallen", erzählt sie uns.
„Nicht *jeder* auf dieser Welt ist ein Arschloch."
Tippi schnappt sich den Nagellack, fängt mit
meiner rechten Hand an und
pustet meine Fingernägel
trocken.
„Ja, stimmt,
nicht jeder ist ein Arschloch",
meint Tippi.
„Aber in *unserer* Gegenwart
verwandelt sich jeder in eins."

Ein Freak wie wir

Dragons richtiger Name ist Nicola,
aber Tippi und ich haben sie umbenannt,
als sie zwei war,
als sie wild und Feuer speiend
in der Wohnung herumgestampft ist und
an Wachsmalkreiden und Spielzeugzügen gekaut hat.

Jetzt ist sie vierzehn und tanzt Ballett,
sie stampft nicht mehr herum –
sie schwebt.

Ihr Glück, dass sie normal ist.

Obwohl,

ich frage mich schon, ob es sie nicht ankotzt,
unsere Schwester zu sein,

ob es sie nicht
auch
zu einem Freak macht.

Ischiopagus Tripus

Obwohl sich Wissenschaftler Systeme ausgedacht haben,
mit denen sie siamesische Zwillinge kategorisieren können,
ist jedes einzelne Paar, das es je gab,
einzigartig –
die Einzelheiten unserer Körper bleiben ein Geheimnis,
sofern wir nicht darüber sprechen wollen.

Und die Leute fragen *immer*.

Sie wollen genau wissen, was wir uns teilen
da unten,
also verraten wir es ihnen manchmal.

Nicht weil es sie etwas anginge,
sondern damit sie aufhören, darüber zu grübeln – das Grübeln
über unsere Körper ist es, was uns stört.

Also:
Tippi und ich gehören zu dem seltenen
Ischiopagus Tripus-Typ.
Wir haben
zwei Köpfe,
zwei Herzen,

vier Lungenflügel und Nieren.
Wir haben auch vier Arme
und ein Paar voll funktionstüchtiger Beine,
seit das verkümmerte Bein
kupiert wurde
wie der Schwanz eines Hundes.

Unsere Därme beginnen
getrennt
und verschmelzen dann.

Und unterhalb sind wir
                    eins.

Das hört sich vermutlich wie eine Gefängnisstrafe an,
aber wir haben es besser als andere,
die mit zusammengewachsenen Köpfen oder Herzen
leben müssen
oder zu zweit nur zwei Arme haben.

Es ist wirklich nicht so schlimm.

So ist es eben immer schon gewesen.

Wir kennen es nicht anders.

Und ehrlich gesagt
sind wir normalerweise
ganz glücklich
    zusammen.

Milch holen

„Wir haben keine Milch mehr", sagt Grammie
und schwenkt mit der einen Hand die leere Milchpackung und
mit der anderen einen Becher Kaffee.

„Na, dann geh doch und kauf neue", erwidert Tippi.

Grammie kräuselt die Nase und stupst Tippi in die Seite.
„Du weißt, dass ich Probleme mit der Hüfte habe", meint sie
und ich lache laut auf;
Grammie ist echt der
einzige Mensch auf diesem Planeten, der auf die Idee kommt,
die Behindertenkarte
gegen uns auszuspielen.

Also gehen Tippi und ich zum Laden an der Ecke
zwei Blocks von zu Hause,
so, wie wir überall hingelangen:
mit schweren Schritten
dahinwalzend,
meinen linken Arm um Tippis Taille,
den rechten auf eine Krücke gestützt –
Tippi genauso, nur spiegelverkehrt.

Als wir endlich beim Laden ankommen,
atmen wir beide schwer
und keine von uns hat noch Lust,
die Milch nach Hause zu schleppen.
„In Zukunft kann sie ihre Besorgungen selbst machen",
sagt Tippi,
während sie
kurz
anhält
und sich gegen ein rostiges Geländer lehnt.

Eine Frau schiebt einen Kinderwagen an uns vorbei,
den Mund
sperrangelweit offen.
Tippi lächelt und sagt: „Na, alles klar?",
und kichert,
als diese Frau mit ihrem perfekt geformten Körper
vor Schreck fast umfällt.

Picasso

Dragon breitet tausend Puzzleteile
auf
dem Küchentisch aus.

Das Bild auf der Verpackung verspricht, dass
aus dem Durcheinander
einmal ein
Gemälde von Picasso wird,
        – Freundschaft –,
eine surreale Anordnung von
Gliedmaßen
und Linien,
von massiven Flächen aus
Gelb,
Braun und
Blau.

„Ich mag Picasso", stelle ich fest.
„Er malt das Wesentliche in den Dingen,
nicht nur das, was das Auge sehen kann."

Tippi schnaubt. „Das sieht sauschwer aus."

Dragon dreht die Teile
mit dem Bild nach oben.

„Je schwieriger, desto besser", erklärt sie uns.
„Was soll das Ganze sonst?"

Tippi und ich lassen uns neben ihr
auf einen
extrabreiten Küchenstuhl fallen,
als
Dad
aus seinem Schlafzimmer
angeschlurft
kommt –
mit glasigen Augen und schlechtem Atem.

Er schaut zu,
wie wir nach den Randstücken des Puzzles suchen
– den Kanten
und Ecken –,
dann greift er über Dragons Schulter
und legt ihr
die rechte obere Ecke in die Hand.

Er setzt sich uns gegenüber an den Tisch
und schiebt wortlos Puzzlestücke, die wir gesucht haben,
in eine Reihe.

„Super Teamwork!", sage ich
und strahle Dad an.

Er schaut mich an und zwinkert.

„Ich hatte die besten Lehrerinnen", erwidert er
und steht vom Tisch auf, um im Kühlschrank nach einem
Bier
zu suchen.

Der Raketenstart

Mum und Dad bereiten Tippi und mich
auf unseren ersten Schultag vor,
als ob sie
Astronauten
ins All
schießen würden.

Jeder Tag ist vollgestopft mit Terminen.

Sie machen für uns Termine mit unseren
Therapeuten, Ärzten und sogar dem Zahnarzt.
Dann zieht Grammie uns Strähnchen in die Haare
und feilt unsere Fingernägel,
damit wir bereit sind für unseren
großen öffentlichen Auftritt.

„Das wird einfach *fabelhaft!*", sagt Mum
und tut so, als ob wir nicht
völlig schutzlos
in eine Arena voller Löwen geworfen würden,
und Dad grinst
schief.
Dragon, die selbst neu auf die Highschool kommt,
verdreht die Augen

und zerrt am Bündchen ihrer Strickjacke.
„Ach, komm schon, Mum,
tu doch nicht so, als ob das leicht werden würde."

„Tja, ich geh da nicht hin, falls ich es dort blöd finde",
verkündet Tippi.

Und Dragon meint:
„Ich hasse die Schule. Kann *ich* deswegen zu Hause bleiben?"

Grammie guckt eine Gerichtsshow.
„Warum sollte irgendwer die Schule blöd finden?", krächzt sie.
„Die beste Zeit eures Lebens, Mädchen.
Dort lernt ihr euren Schatz kennen."

Dad wendet sich ab,
Dragon läuft rot an
und Mum schweigt betreten,
weil
sie alle wissen,
dass die Liebe unseres Lebens zu finden,
nichts ist,
was
uns
je passieren wird.

Therapie

„Erzähl mir, was los ist",
sagt Dr. Murphy,
und wie
so oft
sitze ich ganze zehn Minuten da
und schweige,
starre nur einen Knopf an dem braunen Ledersofa an.

Ich kenne Dr. Murphy
schon mein ganzes Leben, sechzehneinhalb Jahre,
was echt lang ist, um irgendjemanden zu kennen
und sich immer wieder etwas Neues überlegen zu müssen,
über das man sprechen kann.
Aber die Ärzte bestehen darauf, dass wir
regelmäßig zur Therapie gehen,
um unsere psychische Verfassung zu stabilisieren,
als ob das der Teil an uns wäre, der kaputt ist.

Tippi hat Kopfhörer auf und hört laute Musik,
damit sie nicht mitbekommt, was ich sage,
damit ich
all meine unterdrückten Gefühle in
Dr. Murphys Notizbuch
speien kann,
ohne Tippi zu verletzen.

Und früher habe ich auch richtig rumgemotzt,
als ich sieben oder acht war
und Tippi mir meine Puppe weggenommen
oder mich an den Haaren gezogen
oder meine Hälfte des Kekses gegessen hatte.

Aber jetzt gibt es nicht mehr viel zu sagen,
das Tippi nicht schon wüsste,
und das Reden erscheint mir als
eine Verschwendung von Geld, das wir nicht haben,
und von fünfundfünfzig wertvollen Minuten.

Ich gähne.

„Also?",
hakt Dr. Murphy nach,
die Stirn in Falten gelegt,
als ob meine Probleme ihre eigenen wären.
Einfühlsamkeit
ist selbstverständlich Teil ihrer Dienstleistung.

Ich zucke die Schultern.

„Wir gehen bald zur Schule", sage ich.

„Ja, davon habe ich gehört.
Und wie geht es dir damit?", fragt sie.

„Keine Ahnung."
Ich schaue hinauf zum Lampenschirm,
zu einem intakten Spinnennetz mit einer Spinne darin,
welche sich gierig auf eine Fliege stürzt,
die größer als sie selbst ist.

Ich falte meine Hände in unserem Schoß.
„Na ja …", sage ich.
„Ich schätze, ich habe Angst davor, dass die anderen
mich bemitleiden werden."

Dr. Murphy nickt.
Sie erzählt mir nicht,
dass sie das nicht werden
oder
dass es fantastisch laufen wird,
denn es ist nicht ihre Art zu lügen.
Stattdessen sagt sie: „Es interessiert mich wirklich zu hören,
wie es läuft, Grace."
Dann schaut sie auf die Uhr an der Wand und zwitschert:
„Bis zum nächsten Mal!"

Tippi redet

Wir gehen in den Nachbarraum,
in Dr. Netherhalls Sprechzimmer,
wo ich an der Reihe bin, mir Kopfhörer aufzusetzen
und Tippi dran ist zu reden.

Was sie,
glaube ich,
auch wirklich tut.

Sie spricht schnell,
mit ernstem Gesichtsausdruck,
ihre Stimme
manchmal laut genug, dass ich
einzelne
Wortfetzen
aufschnappen kann.
Ich drehe die Musik lauter,
zwinge sie, Tippis Stimme zu verschlucken,
und dann beobachte ich,
wie
sie
ihr Bein über meins schlägt,
es dann wieder zurückstellt,
sich die Haare aus dem Gesicht streicht,

hustet,
sich auf die Lippe beißt,
auf unserem Stuhl herumrutscht,
ihren Unterarm kratzt,
sich die Nase reibt,
an die Decke starrt,
die Tür anstarrt,
während sie die ganze Zeit
quasselt,
bis
sie mich schließlich am Knie antippt
und lautlos
„fertig"
sagt.

Der Check-up

Mum fährt uns die ganze weite Strecke
bis zur Kinderfachklinik in Rhode Island
für unsere vierteljährliche Routineuntersuchung,
bei der festgestellt werden soll, ob unsere inneren Organe
vorhaben, uns im Stich zu lassen.
Und heute,
wie jedes Mal zuvor auch,
führt uns Dr. Derrick seinen
ungläubig dreinschauenden
Medizinstudenten
vor und fragt uns, ob es uns etwas ausmacht,
wenn sie bei den Untersuchungen zuschauen.

Das tut es.

Natürlich tut es das.

Aber Dr. Derricks Stethoskop und sein weißer Kittel
dulden keinen Widerspruch,
also zucken wir die Schultern
und lassen uns von
einem Dutzend Ärzten in Ausbildung
angaffen,
die die Lippen

und Augen zusammenkneifen,
die
sich vorbeugen,
fast unmerklich,
auf die Zehenspitzen stellen,
als wir unsere Shirts hochziehen.
Am Ende sind wir knallrot
und wollen nichts mehr,
als zu gehen.

„Alles in Ordnung mit ihnen?", fragt Mum hoffnungsvoll,
als wir zurück in Dr. Derricks Sprechzimmer sind.
Er trommelt mit den Fingern auf die Platte seines
Schreibtischs.
„Alles bestens, soweit ich sehen kann",
erwidert er.
„Aber wie immer
müssen sie es langsam angehen lassen,
besonders jetzt, wo sie
zur Schule gehen werden.
Versprochen?"
Er wackelt warnend mit dem Zeigefinger vor uns herum.
„Versprochen", geben wir zurück,
aber wir haben nicht vor,
irgendwas daran zu ändern,
wie wir unser Leben leben.

Grippe

Zwei Tage nach unserem Besuch bei
Dr. Derrick
haut es uns
mit voller Wucht um,
ohne Vorwarnung.

Ich bibbere und zittere
und klammere mich an der Bettdecke fest,
werfe mir alle vier Stunden
zwei weiße Paracetamol-Tabletten ein
in der Hoffnung,
die Erkältung im Keim zu ersticken.

Tippi liegt neben mir,
schaudert,
niest, hustet
und schnäuzt sich durch
die zweite Box mit Taschentüchern.

Unsere Bettlaken sind schweißnass.

Mum bringt uns kochend heiße
Getränke
und versucht,
ein bisschen Toast
in uns hineinzubekommen.

Aber wir sind zu krank,
um uns zu bewegen.

Ich kann es nicht abschütteln

Es gelingt mir einfach nicht, diesen Schüttelfrost loszuwerden, und obwohl es Tippi schon tausendmal besser geht, muss auch sie weiter das Bett hüten.

Während ich
gegen die Grippe ankämpfe.

Sorgenvoll

Mum ruft Dr. Derrick an
und schildert ihm
alle
unsere
Symptome.

Er ist nicht beunruhigt,
noch nicht.

Er trägt ihr auf, uns mit ausreichend Flüssigkeit zu versorgen
und verordnet uns ein paar Tage Bettruhe.

Er sagt, sie solle uns im Auge behalten.

Doch Mum kann uns nicht einfach nur im Auge behalten.

Sie kann nicht anders, als sich Sorgen zu machen.
Und warum sollte es auch anders sein,
wo doch nur so wenige von uns überhaupt das
Erwachsenenalter
erreichen.

Je älter wir werden,
umso mehr sorgt sie sich.

Während die Zeit so verrinnt,
steigt die Wahrscheinlichkeit,
dass wir
plötzlich
aufhören
zu existieren,
rasant
an.

Das ist ein Fakt,
der sich
nie
ändern wird.

Ich stehe auf

Ich will es nicht.
Ich bin ganz wackelig auf den Beinen.
Mein Hals ist rau wie Schmirgelpapier.
Und es fühlt sich so an, als ob mein Herz
besonders schnell schlägt,
nur um mich vom Bett
ins Badezimmer zu bekommen.
„Sicher, dass du nicht lieber liegen bleiben willst?",
fragt Tippi.
Ich schüttle den Kopf.
Ich kann sie nicht ans Bett fesseln,
nur weil ich mich nicht
zusammenreißen kann.
Ich schüttle den Kopf
und beiße die Zähne zusammen.

September

Beinahe

Die Haustür geht auf und wieder zu
und Dads Stimme ruft:
„Hallo? Jemand zu Hause?"

Wir sind so kurz davor, dieses Puzzle zu beenden,
dass wir nicht antworten.
Wir schauen nicht mal auf.
Alles, was wir wollen, ist, diesen Picasso zu bezwingen,
diese Massen an Farben.

„Ich habe euch was mitgebracht!", ruft Dad,
der in die Küche gerauscht kommt und
zwei volle Tüten
mitten auf
das Puzzle fallen lässt.

Wir halten den Atem an.

Dad kramt darin herum.

Er zieht zwei Schachteln aus einer Tüte und
reicht sie
Tippi und mir.

Ich schnappe nach Luft.

Handys –
brandneu,
originalverpackt.

„Oh, mein Gott!", rufe ich.
„Ist das dein Ernst?"

Dad grinst.
„Die werdet ihr ab morgen für die Schule brauchen.
Die sind das Beste vom Besten
und sie sind neu.
Für meine Mädchen."

„Ich dachte, wir hätten kein Geld",
sagt Tippi.

Dad überhört sie geflissentlich und überreicht Dragon
eine noch größere Schachtel.
„Und das ist für dich", erklärt er.

Dragon linst hinein,
blinzelt,
und holt daraus rosafarbene
Ballettschläppchen hervor.

Sie dreht sie um und wirft einen Blick auf die Sohle.

„Die sind schön", sagt sie.

„Aber sie sind zu klein."

Der Ventilator in der Ecke surrt.
Dad starrt sie beharrlich an.

„Sie sind zu klein,
das ist alles", erklärt Dragon ihm.

Dad seufzt.
„Ich kann es dir nie recht machen, oder?", sagt er.

Er reißt Dragon den Schuhkarton aus den Händen,
stopft ihn zurück in die Tüte
und zerrt das Ganze mit einem Ruck vom Tisch,
sodass sämtliche Teile des Picassos
runterprasseln.

Wahrheit

Tippi,
noch im Halbschlaf,
trinkt ihren Kaffeebecher leer und
starrt in ihr Rührei,
als ob sie ihre Zukunft aus den
gelb-weißen
Strudeln
herauslesen könnte.

Normalerweise
dränge ich
sie nie,
aber wir dürfen nicht zu spät kommen,
nicht an unserem ersten Schultag,
also hüstele ich vorsichtig
– *ähem, ähem* –
und hoffe, es wird sie lange genug
aus ihren Tagträumen reißen,
um mit den marmorierten Eiern anzufangen.

Stattdessen ist es, als ob man
Eiswasser in eine
Pfanne mit heißem Fett gießt.

Tippi schiebt ihren Teller von sich.

„Du weißt schon, dass ich einen
gottverdammten goldenen Orden
verdient hätte für die vielen Male, die du *mich* hast warten
lassen
in all den Jahren."

Also wispere ich:
„Tut mir leid, Tippi",
denn ich kann sie nicht belügen und so tun,
als ob das Räuspern
nichts bedeutet hätte.

Sie nicht.

Wahrheit:
Das, was geschieht,
wenn man wie wir miteinander verbunden ist
durch einen Körper, der sich geweigert hat,
sich bei der Empfängnis zu teilen.

Uniform

Im Gegensatz zu Dragons Schule,
wo jeder anziehen kann, was er will,
erwartet man in Hornbeacon, dass alle Schüler
Schuluniformen tragen –
strahlend weiße Blusen, grün gestreifte Krawatten,
einen karierten Rock
mit Bundfalten auf der Vorderseite.

Der Hintergedanke ist,
dass alle gleich aussehen sollen.
Das ist mir klar.
Aber es ist völlig egal, was wir anziehen.
Wir werden immer
herausstechen,
und zu versuchen, wie alle auszusehen,
ist einfach nur dämlich.

„Es ist noch nicht zu spät, einen Rückzieher zu machen",
meint Tippi.

„Aber wir haben zugestimmt, da hinzugehen", erwidere ich
und Tippi schnalzt mit der Zunge.

„Ich wurde gezwungen, Ja zu sagen.
Glaubst du etwa, dass ich *das* will?", fragt sie.
Sie zerrt an der Krawatte, die um ihren Hals gebunden ist,

und zieht die
Schlinge fest.

Ich schnappe mir den Rock und steige hinein.
Tippi wehrt sich nicht,
sondern zieht ihn hoch.

„Ich komme mir so hässlich vor", klagt Tippi.

Sie fährt mir mit den Fingern ins Haar und
teilt es in drei dicke Strähnen auf,
die sie flicht und wieder löst.

„Du bist nicht hässlich.
Du siehst aus wie ich", sage ich grinsend
und drücke ihre Hand
ganz fest.

Was ist hässlich?

Ich war schon auf genug Krankenstationen,
um echtes Gräuel gesehen zu haben:
ein Kind, dessen eine Gesichtshälfte heruntergeschmolzen war,
eine Frau mit abgerissener Nase, deren Ohren herunterhingen
wie Speckstreifen.

Das nennen die Leute hässlich.

Nicht dass ich das täte.

Ich habe gelernt, nicht so grausam zu sein.

Aber ich weiß, was Tippi meint.

Die Leute finden uns grotesk,
vor allem aus der Ferne,
wenn sie uns als Ganzes sehen,
dass unsere Körper eindeutig zwei sind,
die dann verschmelzen,
plötzlich,
an der Hüfte.

Aber wenn man von uns ein Foto machen würde, nur mit Kopf
und Schultern drauf,
und sie dann jedem zeigen würde, dem man begegnet,
wäre das Einzige, das den Leuten auffallen würde, dass wir
Zwillinge sind,
meine Haare schulterlang,
Tippis etwas kürzer,
beide mit Stupsnasen
und perfekt geschwungenen Augenbrauen.

Es stimmt, wir sind anders.

Aber hässlich?

Ach, komm schon!

Jetzt mal halblang!

Dragons Ratschlag

Wenn ich ganz ehrlich sein soll,
die Schule wird vermutlich der mieseste Ort sein, den ihr in eurem
Leben besuchen werdet.
Ernsthaft.
Die Middleschool ist schon scheiße,
aber ich habe gehört, die Highschool soll die Hölle sein.
Die Schüler sind fies und die Lehrer verbittert.
Echt jetzt.
Hört mal,
was immer ihr auch tut, freundet euch nicht mit den ersten Leuten
an,
die mit euch
abhängen wollen,
denn die kann höchstwahrscheinlich keiner sonst leiden.
Das wäre euer gesellschaftlicher Tod.
Und setzt euch in der Cafeteria so weit wie möglich weg von den
Sportskanonen.
Ich mein's ernst.
Und ich weiß, das klingt komisch, aber wenn ihr kacken müsst,
wartet bis ihr zu Hause seid.
Die Gemeinschaftstoiletten sind zum Rauchen und Schminken da.
Das wär's.
Okay?
Ich bin sicher,
ihr kommt schon klar.

Mum

„Wir müssen los", sagt Mum.
Sie klimpert mit den Autoschlüsseln und
geht in den Flur.

Ihre Haare sind nass.
Feuchte Flecken zerlaufen auf den Schultern
ihrer Bluse.

Mum föhnt ihre Haare nicht mehr
und glättet sie auch nicht.
Der einzige Luxus, den sie sich noch gönnt,
sind ein paar Tupfer Lipgloss auf den Lippen,
manchmal.

Früher sah sie nie so schlicht aus.

Früher hatte sie Zeit, sich hübsch zurechtzumachen,
aber das war, bevor Dads College
Sparmaßnahmen ergreifen musste und ihn entlassen hat,
bevor Mum noch eine Extraschicht in der Bank
angenommen hat.

Ich weiß gar nicht mehr, wann ich sie das letzte Mal
in einer Zeitschrift habe blättern
oder vor dem Fernseher habe sitzen sehen.

Ich weiß nicht mehr, wann Mum das letzte Mal länger als
einen Augenblick
stillgesessen hat.

Jetzt besteht ihr Leben aus
Arbeit,
Arbeit,
Arbeit.

Also werden wir trotz meiner schwitzigen Hände und dem
flauen Gefühl im Magen
und ungeachtet dessen,
ob Tippi und ich zur Schule gehen wollen oder nicht,
gehen.

Wir werden gehen
und wir werden
uns nicht beklagen.

Hornbeacon High

Das Gebäude ist weiß getüncht,
Efeu frisst sich an den Rissen der Mauern hoch,
die Fenster klein
und zerkratzt.

Die meisten Schüler
zerren aneinander rum und kreischen,
aalen sich in ihrer Wiedersehensfreude.

Aber ich
schaue mir die an,
die allein sind,
am Rande von all dem Lärm,
die Schüler, die ihre Schultaschen fest umklammert halten
und den Blick niederschlagen,

damit ich mir deren
Unsichtbarkeit
überstülpen kann.

Unter Wölfen

„Ihr werdet schon nicht den Wölfen zum Fraß
vorgeworfen werden",
sagt Mrs James, die Direktorin,
und stellt uns Yasmeen vor –
eine Mitschülerin, die unsere Begleiterin sein soll,
„und Freundin ...,
hoffentlich", sagt Mrs James.

Mum und Dad wirken erleichtert,
als ob dieses Mädchen mit dem knallpinken Bob und
den dürren Handgelenken
mehr als eine Motte abwehren könnte.

„Heilige Scheiße!
Ihr zwei seid ja *unglaublich*!", meint Yasmeen,
ohne dabei angewidert zu wirken,
was meiner Meinung nach
ein ziemlich guter Start in den Tag ist.

Und was sie gesagt hat,
stimmt ja auch.

Es *ist* unglaublich, dass wir überlebt haben
im Mutterleib.

Unglaublich, dass wir nicht gestorben sind
bei der Geburt.
Unglaublich, dass wir es so lange geschafft haben,
sechzehn Jahre.

Aber ich will nicht unglaublich sein.
Nicht hier.

Ich will genauso langweilig sein wie jeder andere,
aber das sage ich Yasmeen nicht.
Ich lächle und Tippi sagt „Danke"
und dann folgen wir unserer winzigen
pinkhaarigen Beschützerin durch die Korridore
in unsere Klasse.

Augen

Tippi kann Clowns nicht ausstehen.
Dragon hat Schiss vor Kakerlaken
und Mum vor Mäusen.
Dad tut so, als ob ihn nichts erschüttern könnte,
aber ich habe schon gesehen, wie er zusammengezuckt ist,
als die Post kam,
habe gesehen, wie er im Flur
Krankenhausrechnungen und Strafzettel zwischen
Stapeln von Werbepost und alten Zeitungen
versteckt hat.

Und ich?
Ich verabscheue Augen.
Augen,
   Augen,
      Augen
        überall.
Und dass ich höchstwahrscheinlich
der Alptraum anderer Leute bin.

Und als Yasmeen die Tür zu unserem Klassenzimmer öffnet
und sich alle Köpfe
langsam
herumdrehen,

greife ich nach Tippis rechtem Handgelenk,
wie ich es immer tue,
wenn ich mich fürchte.

„Willkommen! Willkommen auf der Hornbeacon High!",
ruft die Lehrerin,
die alles gibt, um ganz natürlich zu klingen.

Yasmeen stöhnt verächtlich auf und bringt uns zu einem Tisch
in der letzten Reihe.
Der Weg dorthin
führt durch ein Meer aus offenen Mündern,
dreißig Paar weit aufgerissener Augen
und hundert Prozent reiner
Panik.

Im Klassenzimmer

Mrs Jones
verliest die Schulordnung,
weist Schließfächer zu
und teilt die individuellen Stundenpläne aus.
Yasmeen schnappt sich unseren,
bevor Tippi und ich
die Gelegenheit haben,
ihn uns anzuschauen.
Sie fährt mit dem Finger
an den
Spalten
runter
und die Zeilen entlang.
„Wir haben die meisten Fächer zusammen.
Cool", sagt sie
und klopft mir fest
auf den Rücken,
als ob sie mich
schon lange
kenne.

Vielleicht mehr als das

Ihrer albernen Frisur
und zarten Gestalt zum Trotz
ist Yasmeen nicht gerade feinfühlig oder zimperlich.

Sie verwünscht jeden, der uns
einen schrägen Blick zuwirft
und droht,
einem Freshman die Finger zu brechen,
weil er gegrinst hat, als er uns sah.

Yasmeen hat keinen Hofstaat
wie die hübschesten Mädchen,
die Blonden mit wippenden Brüsten und
unsichtbaren Hintern,
aber immerhin
kommt ihr auch niemand in die Quere.

Und sie scheint auch nur einen Kumpel zu haben,
oder vielleicht ist er auch mehr als das,
ein Typ namens Jon,
der sich uns in Kunst vorstellt,
uns die Hand hinstreckt und

abwechselnd
Tippi und mich anschaut,
als wären wir wirklich
zwei Personen.

Kunstunterricht

„Gott, es ist schrecklich, wieder hier zu sein", stöhnt Jon,
gähnt und prügelt mit einem Nudelholz
auf einen Klumpen grauen Ton ein, bis er ganz
flach ist.
Seine Augen sind walnussbraun und ruhig.
Seine Haare sind so kurz geschoren,
dass er auch bei der Armee sein könnte.
Seine Hände sind übersät mit winzigen Tattoos –
Sternchen, die zu funkeln scheinen, wann immer er mit
seinen Fingern
den Ton knetet.

„Immerhin bekommst du mich so jeden Tag zu sehen",
sagt Yasmeen mit rauchiger Stimme
und zwickt und zupft an ihrem Klumpen Ton herum,
bis daraus ein windschiefer Topf geworden ist.

„Ich bin Tippi. Und das ist Grace", erklärt Tippi Jon
in unser beider Namen.

Aber
ich will
für mich selbst
sprechen.

Ich will, dass Jon meine Stimme hört,
obwohl sie genau wie die meiner Schwester klingt.

Und ich will, dass er seinen Blick nur auf mich richtet,
so wie er ihn gerade an Tippi heftet:
ruhig
und ohne den kleinsten
Hauch von Entsetzen.

In unserer Freistunde

Im Gemeinschaftsraum
scharen sie sich um uns,
als wären wir
das Mittagessen
und sie
ausgehungerte Tiere, zum Fressen bereit.

Mit langen Hälsen
– gereckt und gespannt –
mühen sie sich, einen Blick zu erhaschen.

Es ist ja nicht so, als ob wir
splitterfasernackt ein Cancan-Programm
aufführen würden.
Alles, was wir tun, ist,
uns auf unsere Krücken zu stützen.

Dennoch reicht das aus.

Allein unsere Existenz hält sie in ihrem Bann.

Die Zuschauer sind allesamt Mädchen mit
glatten Haaren,
Typen mit hochgestellten
Kragen,

mit sorgfältig manikürten Fingernägeln,
und so im Rudel sehen sie aus wie eine Szene
aus einem *Abercrombie & Fitch*-Katalog –
jeder von ihnen geschniegelt und sorgfältig gebügelt.

Keiner sagt einen Ton,
als
Tippi ihnen unsere Namen nennt
und erzählt, wo wir herkommen.
Sie schauen uns
beharrlich an,
als ob sie sich vergewissern wollten,
dass wir real sind.

Schließlich vertreibt Yasmeen die Meute.
„Genug!", ruft sie
und bringt uns zu den Plastiksitzen beim Notausgang.

Jon sagt: „Schätze mal, nach einer Weile
stört einen das Geglotze nicht mehr."

„Würde es *dich* irgendwann nicht mehr stören?", fragt Tippi.
Ich schlucke.

Yasmeen schnaubt.

Jon denkt kurz darüber nach.

„Nee", sagt er.

„Es würde mich verdammt noch mal
ankotzen."

Französisch

Ich höre nicht hin, als Madame Bayard erklärt,
wie unsere Noten über das Halbjahr ermittelt werden.
Ich ignoriere ihre Ausführungen darüber,
wie man *Pain au chocolat* selber machen kann.
Und ich mache mir nicht mal die Mühe, mir die Hausaufgaben
aufzuschreiben,
weil
Jon zu meiner Rechten sitzt,
da wo Tippi nicht ist,
und er löchert mich mit Fragen,
als ob wir bei einer Talkshow wären,
als ob wir in diesen kastigen Sesseln sitzen würden
und nicht auf der Anklagebank,
denn so fühle ich mich meistens,
wenn die Leute neugierig werden.

„Habt ihr jede einen Personalausweis?", fragt er.
„Ja", antworte ich.
„Nicht, dass wir sie je bräuchten."

„Und willst du nie deine Schwester bewusstlos schlagen?"
„Normalerweise nicht."

„Und warum geht ihr jetzt zur Schule?
Warum hier?"
„Keine andere Wahl."

„Oh, ja. Das verstehe ich, Grace.
Total."

Er kaut auf dem Ende seines Bleistifts rum,
trommelt mit den Fingern
auf den Tisch.

„Keine Wahl ...
Verstehe ich.
Wenn ich jetzt nicht hier wäre,
säße ich in einem sehr langsamen Zug
ins Nirgendwo."

Die Cafeteria

Als wir die Cafeteria betreten,
tanzen
Yasmeen und Jon
um uns herum,
die eine vor uns,
der andere hinter uns,
damit wir nicht
ganz
zu sehen sind.

Mum, Dad, Dragon und Grammie
haben das jahrelang gemacht,
uns
versteckt
so gut es ging
vor dem Gespött
und den Handykameras,
denn nichts ist schlimmer
als das ewige *Klick-klick-klick*
und zu wissen, dass du binnen Sekunden
über irgendjemandes soziales Netzwerk
berühmt wirst.

Wir bestellen eine Papp-Pizza,
eine Sprite mit zwei Strohhalmen

und setzen uns
mit Jon und Yasmeen
an einen Ecktisch,
reden gegen
andere Stimmen und das Geklapper von Besteck an,
aber nicht darüber, wie wir leben
– die Logistik des gemeinschaftlichen Pinkelns –
(wie ich mir diesen Tag eigentlich vorgestellt hatte),
sondern über Filme
und Musik
und Bücher
und Bier
und das neue Schuljahr
und die griechischen Inseln
und Korallenriffe
und unser Lieblingsmüsli
und Satan.

Unsere Gespräche sind absolut schwachsinnig
und als es schließlich klingelt,
beginne ich mich zu fragen:
Haben wir da etwa
zwei Freunde
gefunden?

Wo?

Wir haben Cousinen,
die uns dulden,
und eine Schwester, mit der wir manchmal abhängen.

Aber Freunde?

Wo hätten wir die denn finden sollen?

Berührung

Tippi und ich stehen vor den Schließfächern,
tauschen unsere Bücher aus,
als ein pummeliges Mädchen aus unserer Klasse
neben uns stehen bleibt,
die Augen starr auf den Boden gerichtet.

„Sind wir dir im Weg?", fragt Tippi.

Das Mädchen erblasst.

„Nein. Mein Schließfach ist das neben eurem.
Aber lasst euch Zeit", flüstert sie.

„Ist doch genug Platz", meint Tippi
und verlagert ihr Gewicht in meine Richtung.

Das Mädchen schüttelt den Kopf,
tritt einen Schritt zurück.

Oh.

Sie hat Schiss, näher zu kommen.
Sie hat Schiss, dass sie uns,
wenn sie die Hand nach einem Buch
in ihrem Spind ausstreckt,
aus Versehen
berühren könnte.

Die Einladung

„Habt ihr beiden vor, in die Stillarbeitsstunde zu gehen?",
will Yasmeen wissen.

Wir zucken zeitgleich die Schultern.
Wir haben ja nicht mal eine Ahnung,
was eine Stillarbeitsstunde ist.

„Cool", meint Yasmeen.
„Lasst uns die schwänzen und in die Kirche gehen."

„Kirche?", wiederholt Tippi.
„Nee, echt nicht.
Nicht wirklich unser Ding."

Jon grinst.
„Na los, schaut's euch doch mal an.
Vielleicht können wir euch bekehren."

Taufe

Als wir vier Monate alt waren,
ist Mum mit uns zum Pfarrer gegangen,
der erst einmal geschluckt hat, als er uns sah,
und meinte:
„Ich ...
äh ...
muss
das erst mit der Diözese abklären,
ob wir sie
einzeln
taufen können."

Mum hat nie wieder
einen Fuß in eine Kirche gesetzt.

Und wir auch nicht.

Bis heute.

Die Kirche ist eine wunderschöne Ruine

Sie ist eine Ansammlung von Steinen und Felsbrocken,
die verstreut herumliegen
wie Bauklötze,
mit einer riesigen, verstummten Glocke,
die unter dem begraben liegt, was einst
ihr Turm gewesen ist.

Um hierher zu kommen, schleichen wir uns hinter
dem Chemielabor durch,
über aufgelassene Pfade und
durch ein Dickicht
aus Fliegen und wilden Brombeeren.

Die Kirche kauert neben
einem mit Seerosen übersäten Tümpel
und ist die Art von Ort, von dem ich mir vorstelle,
dass sich dort
Feen versteckt halten
oder Serienmörder,
obwohl Yasmeen sagt:
„Keine Sorge,
wir werden hier nicht umgebracht.
Wir kommen schon seit Jahren her
und außer uns kennt keiner diesen Platz."

„Wir rauchen hier heute bloß eine
und sterben dann daran", meint Jon
und zieht so genüsslich
an seiner Zigarette, dass man meinen könnte, er würde
Gold einsaugen.

Es dauert nicht lange, bis die beiden paffen
wie alte Hasen.

Ich schüttle den Kopf, doch bevor ich ablehnen kann,
hält Tippi den glimmenden Krebsstängel
zwischen den Fingern und
inhaliert große Wolken von
Tabak und Teer.

Sie hält inne
und hustet
so heftig, dass ich befürchte, sie wird sich übergeben.

Yasmeen lacht.

Jon kratzt sich am Kopf.

Und ich klopfe meiner Schwester
behutsam auf den Rücken,
obwohl ich sie eigentlich am liebsten
ersticken lassen möchte.

Kaffee und Kippen

Ich bin jemand, der Pfefferminztee trinkt.
Tippi trinkt Kaffee, kohlrabenschwarz.
Sie schüttet sich etwa fünf Becher am Tag rein
– nicht dass ich da was mitzureden hätte –
und das Koffein schießt durch ihre Adern
und lässt sie schwirren wie einen Brummkreisel
– und mich auch,
in letzter Zeit.

Es hat mit einem dünnen Milchkaffee angefangen, damit sie
morgens in Schwung kommt.
Dann kam einer nach dem Mittagessen dazu
und später noch einer
und bevor sie sich's versah,
war Tippi dem Zeug verfallen.

Und obwohl
ich weiß, dass es
bloß eine
Zigarette ist
und
eine Zigarette
noch niemanden umgebracht hat,

weiß ich auch, wie Tippi ist.

Vielleicht

„Wie seid ihr heute zurechtgekommen?",
will Mrs James
während unserer
Lagebesprechung in ihrem Büro
wissen.
„Meint ihr, ihr könnt euch
mit Hornbeacon
anfreunden?"

„Anfreunden?",
fragt Tippi,
den Kopf
schief zur Seite geneigt,
als ob
sie dieses Wort noch nie zuvor gehört hätte
und nach einer
Übersetzung
verlange.

„Anfreunden",
wiederholt Mrs James
und wedelt mit den Händen in der Luft.
„Gefällt es euch hier?
Bleibt ihr bei uns?"

Tippi schaut zu mir herüber und
ich lächle.
„Vielleicht", erwidert sie
und dann noch mal:
„Vielleicht."

Wir warten

Lange, nachdem
die anderen Schüler
nach Hause gegangen sind,
lange, nachdem Yasmeen uns zum Abschied zugewinkt
und versprochen hat,
uns
morgen früh
im Gemeinschaftsraum zu treffen,
warten wir.

Es ist schon nach vier,
als Dads Auto auftaucht,
den Randstein rauffährt und
schlitternd zum Stehen kommt.

Wir kriechen aus unserem Versteck zwischen ein
paar Bäumen hervor,
aber es ist nicht Dad, der am Steuer sitzt.

Gott sei Dank.

Er sitzt zusammengesunken auf dem Beifahrersitz,
mit einem Gesicht so tiefrot wie eingelegte rote Bete.

Grammie fährt

„Er ist blau, oder?", meint Tippi,
während wir uns auf den Rücksitz zwängen.

„Sternhagelvoll!", erwidert Grammie.
Sie pikst Dad
mit ihren künstlichen Fingernägeln
und schaltet die Scheibenwischer ein,
obwohl es gar nicht regnet.
„Er hat den Job,
für den er sich gestern vorgestellt hat,
nicht bekommen", sagt sie,
als ob das eine Erklärung wäre,
als ob Dad unser Mitgefühl verdient hätte,
als ob er seit Neuestem eine Ausrede bräuchte,
um sich zu besaufen.

Tippi und ich sind hibbelig,
wollen unbedingt jemandem berichten von
unserem ersten Schultag,
dass er zwar nicht perfekt war, aber uns auch
niemand als Missgeburt bezeichnet
oder gefragt hat, wie viele Vaginen wir haben.

Dennoch bleiben wir still auf dem Rücksitz,
denn wenn Dad aufwacht,
müssen wir uns
stattdessen
sein Geseiere
anhören.

Und niemand,

wirklich niemand

will
das.

Andere Gründe

Grammie steckt Dad ins Bett,
schaltet den Fernseher an
und macht es sich für den Abend gemütlich,
sie hat eine ganze Latte an aufgezeichneten
Sendungen vor sich.

Dragon ist in ihrem Zimmer,
sie trägt ihren Gymnastikanzug und ihre Ballettschläppchen
und starrt ihren Körper in einem Ganzkörperspiegel an.
Sie macht Pliés und Relevés,
als sei ihr Körper eine Fontäne.

„Er ist immerzu dicht", sagt sie
und hält inne, um an
einem Glas Wasser zu nippen.

Ist er.

Es stimmt.

Aber was können wir tun,
außer uns perfekt zu benehmen
und zu hoffen, dass ihn das bei Laune hält
und nüchtern –
was nie hinhaut.

„Also …", meint Dragon.
„Wie ist es gelaufen?"

„Super!", sage ich laut,
endlich.

Tippi und ich
lassen uns auf Dragons Bett fallen,
obwohl wir schon längst
Abendessen machen müssten.

„Wir bleiben definitiv", meint Tippi
und ich nicke.

Jon schleicht
sich in meine Gedanken –
seine nussbraunen Augen und seine sternenübersäten Hände.

Ich schüttle ihn ab,
diesen Jungen, dem ich gerade erst begegnet bin,
diesen Jungen, den ich kaum kenne,
denn
Hornbeacon kann mir nicht nur seinetwegen gefallen.

Ich brauche andere Gründe.

Ich brauche andere Gründe
oder ich werde verrückt vor
Sehnsucht.

Was niemand erwähnt

Es gibt Ofenkartoffeln zum Abendbrot,
knusprige Schalen mit lockerem Inneren,
auf das wir massig Butter, Reibekäse und Thunfisch geben.

Mum fragt zwar nach der Schule, aber sie
ist nicht annähernd so interessiert, wie wir erwartet hatten –
oder gehofft.

Sie isst langsam und
starrt in die winzigen Bläschen, die sich bis
zur Oberfläche ihres Mineralwassers hinaufschleichen,
während Dad im Bett liegt,
die weißen Laken voll mieft
und den Whiskey ausschläft.

Niemand erwähnt die eine Ofenkartoffel,
die im Ofen kalt wird.

Niemand erwähnt den Geruch nach Kotze,
der vom Flur heranweht.

Wir halten unsere Stimmen gesenkt,
unsere Münder voll
und hoffen, dass es morgen
anders
sein wird.

Selbstsüchtig

„Wir müssen über die Kirche reden", sage ich,
als Tippi und ich
Seite an Seite
im Bett liegen.

„Du regst dich wegen der Zigarette auf.
Gott, Grace."
Sie seufzt
und ich komme mir
einen Augenblick
so viel
jünger vor als sie.

„Ich finde, wir hätten das besprechen müssen", antworte ich,
ohne sie daran erinnern zu müssen,
dass
dieser schäbige Körper
sich nie geteilt hat, wie er sollte,
und dass, wenn sie stirbt,
ich es auch tue.

„'tschuldigung", meint sie.
„Also, darf ich rauchen?"

Ich drehe den Kopf weg,
wende mich ab von ihr
so gut ich kann.

Das ist keine echte Frage:
Wenn Tippi irgendwas will,
nimmt sie es sich mit
beiden Händen
und
einem Körper, der
uns beiden gehört.

Ich weiß, das sollte mich
wütend machen,
aber
alles, was ich spüren kann, ist Neid,
denn ich wünsche mir so sehr
ich
könnte manchmal auch
selbstsüchtiger
sein.

Nackt

Ich wasche mir die Haare und
lasse für ein paar Minuten
Conditioner in die trockenen Spitzen einwirken,
während Tippi sich mit einem Schwamm
und Lavendelduschgel
abschrubbt.
Ich drehe mich von dem intensiven Duft weg, damit
sie mir keinen Schaum ins Gesicht oder auf die Arme spritzt,
dann
stelle ich mich unter die Brause
und seife mich mit einem frischen Stück
Mandelseife ein.

„Ist das nicht komisch, sich gegenseitig nackt zu sehen?",
hat unsere zwölfjährige
Cousine Helen gefragt,
letztes Jahr
über dem Thanksgiving-Truthahn,
woraufhin sich Grammie
an einer Bratkartoffel verschluckt hat.

Tippi und ich haben nur die Schultern gezuckt,
die Köpfe geschüttelt.
Alle anderen haben auf eine Antwort gewartet,
aber so getan, als täten sie es nicht,
da hat Tippi gesagt:
„Wenn man sich ein Leben teilt,
ist es keine große Sache,
die Möpse deiner Schwester
zu sehen."

Der erste Sturz

Wir müssen uns beeilen, fertig zu werden,
putzen die Zähne,
ich mit der rechten,
Tippi mit der linken Hand,
unsere freien Arme um die Taille der anderen geschlungen
wie Angelhaken.

Und plötzlich verschwindet
der Spiegel,
genau wie Tippi.

Als ich aufwache

Ich liege auf dem Badezimmerfußboden und höre ein
Kreischen,
Tippi rüttelt mich zurück in die Welt.

Sie seufzt,
als ich blinzle,
und drückt mich.
„Mir geht's gut",
presse ich heraus,
während
eilige Schritte über den Holzboden im Flur
trampeln.

Dragon steht in der Tür,
in der Hand einen Rougepinsel,
den sie wie einen Zauberstab schwingt
und ruft:
„Was zum Teufel ist passiert?"

„Ich bin ausgerutscht", wispere ich.

„Ehrlich?", fragt Dragon.
Mit den Händen in die Hüfte gestemmt,
sieht sie aus wie Mum.

„Ja", lüge ich, „ich bin ausgerutscht."
Am Waschbecken
ziehe ich Tippi und mich hoch von dem kalten,
beigefarbenen
Badezimmerfußboden.

Dragon blickt finster drein.

„Sie ist ausgerutscht", sagt Tippi.

Auf der Suche nach Dragon

Dragon nebelt sich mit einem nach Bonbons riechenden
Parfüm ein
und hat angefangen, Lippenstift zu tragen.
„Du hast einen Freund, oder?",
sage ich,
neckend,
fragend,
hoffnungsvoll.

„So in etwa", erwidert Dragon.

Tippi, die gerade einen Bagel mit Frischkäse bestreicht,
hält inne
und wirft Dragon einen ernsten
Seitenblick zu.
„Schon okay, wenn du nicht willst, dass wir ihn kennenlernen."

Dragon wickelt sich ihren seidigen Schal fest um den
Hals.
Sie erstarrt.
„Es ist nicht, wie ihr glaubt."

Tippi schnaubt.
„Es ist okay, wirklich.
Wir verstehen es.
Wir wissen, was wir sind."

Jede Faser in Dragons Gesicht zieht sich fest
zusammen.
„Ja, ich weiß auch, wer *ihr* seid.
Aber wer bin *ich*, außer eure Schwester?
Könnt ihr mir das mal sagen?"
Sie verknotet den Schal
und wartet.

Wir beobachten sie.

„Nein, hab ich mir schon gedacht", sagt sie,
stürmt hinaus
und schlägt jede Tür
hinter sich zu.

Realität

An Tippis Spind klebt eine Nachricht:
    Warum geht ihr nicht
    zurück in den Zoo?

Yasmeen schnappt sich den Zettel,
knüllt ihn
zu einer kleinen Kugel zusammen
und schnipst sie
quer durch den Korridor.
„Arschlöcher!", brüllt sie.
„*Ihr* seid die Tiere!"

Schüler mit Büchern in den Armen
lehnen sich gegen die Spinde oder aneinander.
Sie glotzen
mit aufgerissenen Augen und
offenen Mündern,
aber dankbar für die Gelegenheit, uns ungeniert begaffen
zu können.

Schon klar, dass es zu viel verlangt wäre,
dass jeder uns akzeptiert, wie wir sind –
oder uns gar
in Frieden lässt.
Gestern hatten wir Glück und heute
sind wir in der Realität angekommen.

Yasmeen sagt:
„Sie haben Schiss vor euch,
wie sie vor mir Schiss haben.
Wir sind eben anders
und anders ist schlecht."

Tippi hält uns an und kneift die Augen zusammen.
„Warum haben sie vor *dir* Schiss?",
fragt sie Yasmeen
mit spitzer Zunge.

Yasmeen dreht sich um.
„Ich hab HIV", sagt sie, einfach so,
und
streicht sich ein paar Haarsträhnen hinter ihre stark
gepiercten Ohren.
„An mir klebt der Hauch des Todes,
der geringen Lebenserwartung. Wie an euch beiden,
schätze ich mal."

„Ja", antworten wir wie aus einem Mund
und machen uns auf in die Geometriestunde, um Probleme
zu lösen,
die viel weniger kompliziert sind
als unsere eigenen.

In Geometrie

„Aber woher wissen sie das?",
fragt Tippi
Yasmeen.
Eigentlich sollen wir uns gegenseitig
die Lösungen kontrollieren,
die Gleichungen miteinander durchsprechen,
die wir falsch haben.
Mr Barnes, unser Lehrer,
ist nicht mal im Klassenzimmer.
Er ist gegangen,
nachdem er uns die Aufgaben ausgeteilt hat,
und ist noch nicht zurück.

„Ich hab's ihnen gesagt.
Mir war nicht klar, dass das eine Rolle spielt",
erwidert Yasmeen.
„Aber in Wahrheit ist es
nicht so wie mit Krebs.
Bei HIV
glauben alle sofort, dass du selbst dran schuld bist,
oder?
Na ja,
ich weigere mich jedenfalls, mich zu rechtfertigen,
indem ich ihnen
erkläre,
wie ich mich angesteckt habe.

Scheiß drauf
und
scheiß auf die."

Wie?

Yasmeen hat uns immer noch nicht
die Fragen gestellt,
mit denen die meisten Leute schon wenige Minuten,
nachdem sie uns kennengelernt haben, herausplatzen:
„Konntet ihr nicht getrennt werden?"
und
„Wollt ihr es denn nicht versuchen?"

Was diese Leute in Wahrheit meinen ist, dass sie
alles
dafür tun würden,
nicht so leben zu müssen wie wir,
dass jede Möglichkeit,
normal
auszusehen,
jedes Risiko
wert wäre.

Und auch wenn ich darauf brenne,
zu erfahren *wie, wie, wie* Yasmeen sich
um alles auf der Welt
mit HIV infiziert hat,
werde ich nicht diejenige sein, die fragt.

Ein Hauch von ihm

„Bastarde", zischt Jon,
als er von dem Zettel
am Spind hört.

Tippi kitzelt sich selbst unter den Armen
und *uh-uh-uuht*
wie ein Affe
bis wir lachen müssen
und die Boshaftigkeit der Nachricht
ein bisschen
verpufft ist.

Eigentlich hätten wir wieder Stillarbeitsstunde,
aber wir sind in der Kirche
und teilen uns eine Tüte gesalzene Pistazien
und eine Flasche Cider.

Ich werfe Tippi aus zusammengekniffenen Augen
böse Blicke zu,
als sie einen großen Schluck direkt
aus der Flasche nimmt
und verschränke die Arme
vor meiner Brust, um meiner Missbilligung Ausdruck
zu verleihen.

Der Alk-Geruch
lässt mich an Dad denken, schwankend und sauer,
und ich will
das nicht.

Aber dann nimmt Jon einen Schluck
und reicht mir die Flasche.

Ich kann nicht widerstehen.

Ich lege meine Lippen auf den Rand
und schmecke einen Hauch von ihm,
so dicht war ich noch nie dran, einen Jungen zu küssen.
Und ich nippe daran bis
sich mir der Kopf dreht,
während die anderen
Rauchkringel
in die Luft blasen.

Dann ahmen wir Tiere nach,
muhen und gurren und *uh-uh-uuhen*,
verwandeln die Kirche in
unseren ganz eigenen Zoo.

„Im Ernst, diese Nachricht war dämlich", sagt Jon.
Er nimmt mir die Flasche aus den Händen
und schüttet sich die letzten Schlucke rein.

Ich zucke die Schultern, um
ungerührt
zu wirken.

„Hass ist immer noch besser als Mitleid", sage ich
und spiele mit den Spitzen
meiner Haare,
versuche,
Jon dazu zu bringen,
seinen mitleidfreien Blick
auf mir ruhen zu lassen.

Nicht fair

Dragon lässt ihre Ballett-Tasche im Flur fallen
und sich aufs Sofa.

„Mir war gar nicht klar, dass du auch dienstags Ballett hast",
sage ich
und lasse das Buch sinken, das ich gerade lese.
Tippi schaut auf und stellt den Fernseher stumm.

„Ich unterrichte die ganz Kleinen
als Gegenleistung für meine eigenen Stunden",
erwidert Dragon. „Hab ich euch das nicht erzählt?"

„Nein", sagen Tippi und ich wie aus einem Mund.
„Das wussten wir nicht."

Wir beobachten auf dem lautlosen Bildschirm,
wie sich die Münder der Schauspieler
öffnen und schließen,
aber ihre Begehrlichkeiten sind an uns verschwendet.

Mum kommt ins Wohnzimmer.
„Es stehen noch Ravioli auf dem Herd, Dragon", sagt sie.

„Wusstest du, dass Dragon arbeitet?", fragt Tippi.

Mum nickt.
„Kann ihr nicht schaden, ihren Teil beizusteuern, oder?“

„Und was ist mit uns? Sollen wir uns auch einen Job suchen?“,
will Tippi wissen.

„Das ist nicht dasselbe“, erwidert Mum.
„Also macht das hier nicht zu einer Diskussion über eure
Gleichstellung.“
Sie schnappt sich die Fernbedienung und
Gelächter aus dem Fernseher
erfüllt den Raum.

Aber Mum kapiert es nicht:
Tippi ist nicht sauer, dass wir keinen Job haben;
sie ist genervt, dass unsere kleine Schwester einen
haben muss.

Umziehen

Während einer Freistunde ziehen wir uns
in einem überheizten Umkleideraum
für den Sportunterricht um,
damit wir uns nicht vor einer Horde Mädchen
entblößen müssen.

Nicht dass wir daran teilnehmen würden
wie der Rest unserer Klassenkameraden –
wir machen nur beim Aufwärmen
und beim Cool-down mit.
Wir werden
das Fußballspiel
aussitzen.

Yasmeen tut so, als würde sie eine SMS schreiben,
und schaut nicht auf, als wir
unsere Blusen
aufknöpfen.

Wir sitzen in unseren BHs da,
schöpfen Atem,
als die Tür
auffliegt
und das hübscheste Mädchen der ganzen Schule,
Veronica Lou,
hereinstürmt

wie ein aufgedrehter Labrador,
ihre glänzenden schwarzen Haare
hinter sich her wehend.
Sie starrt uns an und bleibt abrupt stehen,
hält ihre Tasche
hoch,
wie ein Schild, und sagt:
„Ich dachte, es hätte schon geklingelt."

Yasmeen stochert in ihren Zähnen herum.
„Die nächste Stunde fängt erst in fünf Minuten an, Ronnie",
sagt sie
und Veronica nickt
rasch,
heftig,
um dann aus dem Umkleideraum zu flüchten,
als habe sie gerade ein Monster gesehen.

Dessert

Grammie verspätet sich,
deswegen gehen wir noch auf ein Eis,
Jon und Yasmeen uns dicht auf den Fersen.

Hier ist es nicht wie in New York City,
noch nicht mal wie in Hoboken,
wo die Leute daran gewöhnt sind, Sonderlinge zu sehen:
der Mann, der im Batman-Kostüm
Fahrrad fährt,
die fettleibige Bauchtänzerin
an der Ecke von Park und Sixth Street,
und uns,
die zusammengeklebten Zwillinge,
die auf Krücken
herumhumpeln
und sich aneinander festklammern.

In Montclair sind wir neu und
unerwartet.
Aber trotzdem
versuchen wir, uns zu konzentrieren,
unsere Hände
gegen das Glas der Kühltheke gepresst,
die Augen
auf die regenbogenbunten Reihen mit Eis gerichtet.

Ich will Vanille-Joghurt.
Tippi nimmt Kokosnuss
mit Schokosplittern.
Tippi und ich teilen uns vieles

– wir teilen uns immer das Abendessen –
aber nur selten,
wenn überhaupt,
das Dessert.

Das Schlimmste

Während ich den letzten Rest meines Eis' schlecke,
höre ich, wie jemand sagt:
„Ein siamesischer Zwilling zu sein, muss
das Schlimmste.
Überhaupt.
Sein."

Und niemand lacht,
denn es ist kein Scherz.
Es ist bloß sehr traurig gemeint und
sehr wahr.

Und doch
kann ich mir
hundert Dinge
vorstellen,
die schlimmer sind,
als Seite an Seite mit Tippi zu leben,
als in diesem Körper zu wohnen
und diejenige zu sein,
die ich immer schon war.

Ich kann mir sogar tausend schlimmere Dinge vorstellen.

Eine Million.

Wenn ich je gefragt würde.

Tragödien

Ich würde es hassen, Krebs zu haben.

Ich würde es hassen, mich jede Woche
an eine Maschine anschließen lassen zu müssen,
damit man Gift in mich hineinpumpen kann
in der Hoffnung, dadurch mein Leben zu retten.

Unser Onkel Calvin ist an Herzversagen gestorben,
mit neununddreißig,
und hat drei Söhne und eine schwangere Frau hinterlassen.

Grammies Schwester ist als kleines Mädchen
auf der Farm, auf der sie lebten, ertrunken
in einem Fass
voll gammliger Pfirsiche und fauligem Wasser.

In den Nachrichten bringen sie Berichte über
Kindesmissbrauch und Hungersnöte und Völkermord und
Dürreperioden
und mir ist noch nie in den Sinn gekommen,
mir zu wünschen,
mein Leben gegen das von jemandem einzutauschen,
dessen Leben vor Tragödien trieft.

Denn einen Zwilling
wie Tippi zu haben, ist
nicht
das Schlimmste
überhaupt.

Schon wieder

Dad kommt von einem weiteren Vorstellungsgespräch zurück
und sagt kein Wort.

Er sitzt neben Grammie, schaut
Law and Order
und trinkt lauwarmes Bier.

Nach drei Flaschen rauscht er davon
und kommt stundenlang nicht wieder,
nicht, bis er einen roten Kopf hat und brodelt.

„Mach mir mal jemand ein Sandwich",
kommandiert er
und lehnt sich gegen den Küchentisch.

Dragon springt
von ihren Hausaufgaben auf,
um ihm eins zu machen.

„Schinken?", fragt sie.

Dad beachtet sie gar nicht und setzt sich aufs Sofa.

Er ist schon eingeschlafen,
noch bevor sie Butter aufs Brot schmieren kann.

Für mich

Dr. Murphy will wissen, wie es in der Schule gelaufen ist,
also erzähle ich ihr von der ersten Woche.

Ich erzähle ihr von den hübschen Mädchen
in meiner Klasse,
den trägen Lehrern
und von Yasmeens pinken Haaren.

Nur Jon erwähne ich nicht.

Jon behalte ich für mich.

Blut

Tippi und ich bringen Grammie gerade bei, wie man sich
auf Fotos im Internet markiert,
als plötzlich das Blut läuft.
Wir schleppen uns ins Bad
und
ich muss über den rostfarbenen Fleck grinsen,
wie immer, wenn das passiert,
denn damit ist erwiesen,
dass ich ein richtiges Mädchen bin.

Dragon ist in ihrem Zimmer,
übt Spagat.
„Hast du zufällig Binden?", fragt Tippi.

Dragon
springt auf
und holt eine volle Packung Binden aus ihrem Schrank.
„Könnt ihr behalten", meint sie
und wirft uns die Packung zu.

Tippi fängt sie.
„Brauchst du sie denn nicht?"

„Glaube nicht", gibt Dragon zu.

Ich schiele verstohlen auf die Stelle an Dragons Körper,
an der sich
ein Baby
zeigen würde,
aber das ist es nicht.

„Was ist los?", frage ich.

Dragon wirft sich das Haar über die Schulter.
„Ihr zwei habt auch keinen regelmäßigen Zyklus.
Muss in der Familie liegen."

Aber das
ist es
auch nicht.

Was möglich ist

„Eine Empfängnis *ist* möglich", hat Dr. Derrick gesagt,
als wir vor drei Jahren
zum ersten Mal unsere Tage bekamen.

„Aber ein Baby vollständig auszutragen
in zusammengewachsenen Gebärmüttern,
würde entweder
euch umbringen
oder
das Baby."

Das ist sein fachliches Urteil.

Andererseits
hat er Mum auch gesagt,
wir würden unseren zweiten Geburtstag nicht erleben.

Und doch
sind wir jetzt hier.

Sexy

„Ich mag es, wie du *Igel* sagst", meint Jon und lacht.

„Wie sage ich es denn?", will ich wissen.

Wir sitzen im Gemeinschaftsraum
neben dem offenen Fenster.
Tippi und Yasmeen
schauen sich Youtube-Clips von Simon Cowells übelsten
Beleidigungen
an und versuchen zweifelsohne,
sie sich zu merken.

Jon nimmt den Strohhalm von seinem Saftpäckchen
und zieht daran wie an einer Zigarette,
dann bläst er den imaginären Rauch
zum Fenster raus.
„Keine Ahnung.
Du sprichst es wie zwei Silben aus.
Ih-gel", meint er.

„Aber es sind zwei Silben", belehre ich ihn.
„*Ih-gel. Ih-gel.*
Ja, eindeutig zwei Silben."

„Nee.
Eine.
Es ist ein kurzes, sexy, kugeliges Wort.
Igel."

Aus seinem Mund klingt es wie
Igl
und jetzt
muss ich lachen.
„*Du* schaffst es auf jeden Fall, dass es
irgendwie sexy
klingt,
das muss ich zugeben."

Er zieht noch mal am Ende des Plastikröhrchens.
„Kein Ding.
Ich meine, wenn du deinen ganzen Mund zum Sprechen
benutzt,
deine Zunge und Zähne und Lippen,
sind die meisten Wörter sexy.
Vor allem das Wort *sexy*.
Sex-y", sagt er, langsam.
Und noch mal.
„*Sex-y*.
Versuch's mal.
Mit deinem ganzen Mund."

Er lacht nicht.
Er beobachtet mich.

„*Sex-y*", wispere ich.

„*Sex-y*", meint er.
„Yeah!"

Fahrstunde

Die Fahrlehrerin gerät ins Stottern, als sie erklärt,
wie der Wagen funktioniert
– wofür die Pedale sind und was der Blinker ist –,
doch als ich den Schlüssel ins Zündschloss stecken will,
packt sie mich am Handgelenk.
„Ich w-w-weiß ehrlich nicht, wie das gehen soll.
Wie könnt ihr eure Beine schnell genug koordinieren,
um keinen U-u-unfall zu bauen?
Ich kapiere das nicht."

Und genau das ist das Problem.

Die Leute begreifen
unsere Synchronizität nicht,
die stille Verbindung,
die zwischen uns herrscht.

„Jeder weiß doch, dass
neunundneunzig Prozent aller Kommunikation
ohne Worte stattfindet", erklärt Tippi,
und
während die Fahrlehrerin darüber nachdenkt,
lasse ich den Motor an.

Zugfahrt

Wir haben genug davon,
jeden Tag zur Schule und wieder nach Hause chauffiert zu
werden,
also nehmen wir den Zug
mit Jon
und tun so, als ob wir all die
fiesen kleinen stichelnden Worte um uns herum
nicht hören könnten.

„Ich wette, nicht mal bei Promis ist das so schlimm", sagt Jon.
„Ich kann mir gar nicht vorstellen, wie das
für euch sein muss."

„Es ist genau *so*", erwidert Tippi
und zeigt auf
eine Frau auf der anderen Seite des Ganges,
die ihre Handykamera auf uns gerichtet hat
wie ein Scharfschützengewehr.

„Soll ich was sagen?",
fragt er.

„Nein", erwidere ich rasch,
denn
ich will keine Szene
und
ich will definitiv nicht,
dass Jon uns rettet.

Der Anruf

„Dieses Mal bekomme ich den Job", meint Dad.
„Ich kriege ihn ganz sicher."

Er stellt einen Pizzakarton
auf dem Küchentisch ab
und eine Tüte mit
Limodosen
und ausnahmsweise
essen wir alle zusammen,
als Familie,
und erzählen uns,
wie der Tag gelaufen ist.

Vor allem aber hören wir Dad zu,
wie der Direktor des Foley College
hier in der Stadt
ihn „geliebt" hat
und ihm „praktisch auf der Stelle"
einen Job als Lehrkraft angeboten hat.

Mum räumt die Teller ab.

Dads Handy klingelt.
„Ja. Ja. Okay.
Ich verstehe.
Danke.
Ja. Okay. Ja."
Dad starrt auf sein Handy,
dann pfeffert er es durch den Raum.
Es fliegt gegen die Wand
und zerschellt,
Splitter aus schwarzem Plastik und Glas
prasseln auf die Arbeitsflächen in der Küche nieder.

„Dann wird es eben ein anderer Job, mein Sohn",
sagt Grammie

und Dad erwidert:
„Hör auf, mich so von oben herab zu behandeln, Mum."

Das ist das Letzte,
was er für die nächsten drei Tage sagt.

Hitchcock

Drei Krähen landen im Garten
und picken in unserem winzigen Stück Rasen herum.
Eine Elster gesellt sich zu ihnen, die
uns durch die Terrassentür finster anschaut.
Tippi zeigt auf sie. „Nicht gut", meint sie.
Tippi ist nicht abergläubisch,
sie ist Hitchcock-Fan
und gruselt sich, sobald sie mehr als einen Vogel sieht.
Das hat sie von Mum und Dad, die
ihr erstes Date
in der Woche hatten, als eine Hitchcock-Reihe im *Film Forum*
in New York City
anlief.
Sie haben sich
zwei Wochen lang
in der letzten Reihe
in roten Samtsesseln aneinandergekuschelt,
wurden zu Hitchcock-Experten und
haben sich verliebt.
Und als sie erfuhren, dass wir Zwillinge sind,
war es ein Leichtes, uns nach
zwei von Hitchcocks größten Stars zu benennen,
Tippi Hedren und Grace Kelly,
die so bildschön waren, dass es sich manchmal wie ein
grausamer Scherz
anfühlt.

Auf jeden Fall liebt Tippi Hitchcock
und hat jeden seiner Filme gesehen.
Und während ich mir Notizen zu den Gedichten von Whitman
mache,
die wir als Hausaufgabe aufbekommen haben,
schaut Tippi *Psycho*, spricht Vera Miles' Text lautlos mit
und meint, ich solle mich nicht um sie scheren oder die
Hausaufgaben,
sie würde einfach im Internet nachlesen,
das wäre genauso gut.

Vorbereitung auf eine Apokalypse

Ein Hurrikan bedroht
die Ostküste
und wir werden früher von der Schule nach Hause geschickt.

Die Meteorologen warnen davor,
dass der Sturm
Überschwemmungen und Stromausfälle
mit sich bringen wird,
also bereiten wir unsere
Erdgeschosswohnung
auf eine Apokalypse vor.

Dad räumt die Terrasse auf,
stellt alles in den Flur,
Mum stapelt Sandsäcke
vor den Türen zum Garten
und Grammie schickt Dragon in den Laden an der Ecke,
um Obstkonserven und Klopapier zu kaufen,
dann lässt sie Tippi und mich
die Badewanne sowie jede Kanne, die wir besitzen,
mit Wasser füllen,
nur für den Fall.

Vielleicht sollte ich mir Sorgen machen,
aber ich bin bloß enttäuscht,
dass uns das Wetter davon abhält,
mit Yasmeen und Jon zur Kirche zu gehen,
wo ich
frei atmen kann.

„Können wir zum Flussufer gehen?",
fragt Dragon
und Dad blafft ärgerlich zurück:
„Nein,
das ist gefährlich, verdammt noch mal."
Vielleicht versucht er so, fürsorglich zu sein,
aber er hat eine Scheißart, das zu zeigen.

Und da wir nichts anderes zu tun haben,
schauen wir aus dem Fenster,
zusammen mit Dragon,
und warten darauf, dass
die große Flut
und stürmischen Winde
unsere Stadt verschlingen.

Im Dunkeln

Tippi schnarcht
neben mir,
während der Wind draußen wirbelt und pfeift
und ich am liebsten aufstehen und nachschauen würde,
was vor sich geht,
aber ich habe Angst, sie zu wecken,
falls sie dann kreischt
und sich beschwert, dass sie nicht wieder einschlafen kann.

Also bleibe ich ganz still liegen
und lausche
und versuche, mir vorzustellen, wie der
Hurrikan wohl ist
und wie es wäre,
aufzustehen und aus
unserem Schlafzimmerfenster zu schauen,
ganz
allein.

Herzrasen

Ich weiß nicht, was ich geträumt habe,
was das für ein Albtraum war,
aber er weckt mich
und ich komme
keuchend
zu mir,
mit rasendem Herzen,
mein Kopf vernebelt von grauen Worten
und aufgequollenen Bildern.

Tippi schlägt die Augen auf.
„Alles okay mit dir?", krächzt sie.

„Ja", versichere ich ihr.
„Schlaf weiter."

Die Aussicht von Hoboken

Noch bevor die Stadt so richtig erwacht,
schleppen Tippi und ich uns
hinauf zum Stevens Institut,
dem höchsten Punkt von Hoboken,
um auf New York City herabzuschauen,
drüben, auf der anderen Seite des Flusses,
und uns mit eigenen Augen zu vergewissern,
wie fest die Wolkenkratzer
noch immer im Boden verwurzelt sind.

Alles ist so, wie es sein soll:
Das Empire State Building erhebt sich
kerzengerade in den Himmel
und die Chelsea Piers haben
schon geöffnet,
die Golfer schlagen Bälle
in die hoch aufragenden Netze, die sie daran hindern sollen,
in den Hudson River zu fallen
und
tief
tief
hinab auf den Grund zu sinken.

„Ich schätze mal, der Hurrikan hat es sich anders überlegt mit seinem Besuch in New York", meint Tippi. „Kann ich ihm nicht verübeln. Diese Stadt stinkt."

Dann wendet sie sich ab,
um den Hügel wieder hinabzusteigen,
und zerrt mich mit
nach Hause
zum Frühstück.

Sturmäpfel

Der einzige Schaden, den der Sturm angerichtet hat, war,
eine Unmenge reifer Äpfel
von dem Baum mitten in unserem Garten zu rupfen.
Nun liegen sie im Gras
wie vergessene rote Billardkugeln auf grünem Filz.

Seit Tagen schon hatte ich versucht,
sie herunterzuschütteln
– indem ich mit einem Besen gegen die Äste geschlagen
und Dads Fußball
gegen die größten von ihnen geworfen habe –,
die, die am höchsten hingen und am dicksten
und rötesten waren.

Tippi war keine Hilfe.

Sie hasst Backen und wusste genau, dass ihr das blühen würde,
wenn ich welche herunterbekommen würde.

Sie murrte und gähnte und sagte:
„Können wir jetzt reingehen, Grace?",
solange, bis wir es taten.

Jetzt haben alle Äpfel
ein paar Druckstellen und Macken,
aber für Kuchen
sind sie gut.

Tippi sagt:
„Du weißt schon, dass wir für ein paar Dollar Kuchen kaufen
und uns ein paar Stunden Arbeit sparen könnten."

Aber darum geht es nicht.

Ich will hören, wie die Klinge eines scharfen Messers
sauber durch das Fleisch des Apfels fährt.

Ich will den Teig dünn ausrollen und über
die Füllung legen wie eine kuschelige Decke.

Ich will die Uhr im Auge behalten
und den Ofen überwachen
und gespannt sein auf das Ergebnis.

„Kannst du nicht einfach so tun, als ob du dich freust?",
frage ich
und Tippi schnaubt.

„Ich kann so *tun*", erwidert sie,
aber das ist gelogen:
Es wäre zu viel verlangt
von Tippi,
nur
so zu tun.

Kuchen

Dragon verbringt ihren freien Tag in der Tanzschule.
Mum fährt zur Arbeit.
Grammie fährt in die Stadt, um eine Freundin zu treffen, und
Dad verschwindet einfach.

Wir sind allein
und haben nichts zu tun.

Also.

Widerstrebend
macht Tippi den Mürbeteig,
während ich die Äpfel entkerne, schäle und
in Scheiben schneide,
und gemeinsam backen wir einen Kuchen
mit viel Zimt und Zucker und definitiv
besser als alles, was man
in einem Laden kaufen könnte.

Als Tippi ihn kostet,
gibt sie es zu – zumindest ein bisschen:
„Der ist gut", sagt sie,
gießt Sahne über ihr Stück
und schießt ein Foto, das sie online posten kann,

damit alle sehen können, was wir
aus dem Strandgut des Sturms gemacht haben.

Tippi betrachtet ihren sauber geleckten Teller
und dann ihr Handy, als es summt.
„Yaz hat das Bild vom Kuchen geliked",
erklärt sie.
Das Handy brummt noch mal.
„Und Jon auch."

„Super", gebe ich rasch zurück,
nehme mir noch ein Stück
und frage mich, was ich wohl gemacht habe,
als Tippi die beiden als Freunde hinzugefügt hat.

Wunderschön

Jon
hat sich
zu Yasmeen vorgebeugt,
daher sieht er Tippi und mich nicht
in den Gemeinschaftsraum kommen
und uns
hinter dem Klavier
auf einen wackeligen Hocker setzen.

Ich sauge
den Rest meines grünen Smoothies durch einen
Strohhalm auf und das Schlürfen
übertönt beinahe,
was Jon gerade sagt.

Aber nicht ganz.

„Es ist so scheiße, weil die beiden so verdammt hübsch sind",
meint er.
„Was für eine Verschwendung."

Yasmeen schaut auf und errötet
von ihren Schlüsselbeinen
bis zu den Spitzen ihrer silber gepiercten Ohren,

sodass kaum ein Zweifel besteht,
über wen sie reden.

Tippi steht auf, zerrt mich mit sich,
kickt den Hocker beiseite
und brüllt:
„Eine Verschwendung?
Wir sind eine *Verschwendung?*"

Wut lässt unser Blut aufkochen und
unsere Körper pulsieren vor Zorn.

Jon steht auch auf,
versucht, meine Hand zu nehmen,
aber ich weiche zurück und funkle ihn an,
fordere ihn heraus, das noch mal zu sagen
oder seine Worte mit solchen zu verteidigen,
die ganz genauso
verletzend wären.

„Ich hab das ...
Ich hab nicht gemeint ..."
Seine Stimme ist ruhig,
sein Blick
hart und trotzig.

„Alles, was ich sagen will, ist dass ihr wunderschön seid",
sagt er.
„Mehr wollte ich nicht sagen."

Ich möchte ihm glauben,
mit ihm reden,
ihn mehr
sagen lassen,
aber Tippi
schleift mich mit
über den Flur,
um sich in einem Klassenzimmer zu verstecken.

Und das nervt mich.

Es nervt mich, mich hier zu verstecken,
wo ich mich normalerweise
sicher fühle.

„Ich dachte, sie wären anders,
aber sie sind genauso blöd
wie alle anderen", sagt Tippi.

Ich antworte nicht.

Alles, was ich
in meinem Kopf hören kann, ist das Wort
wunderschön,
und es gelingt mir nur mit Mühe, nicht zu
weinen
vor Freude.

Yasmeens Erklärung

Wir haben nicht gelästert,
wir haben nur gesagt, wie froh
wir sind, dass ihr beide in Hornbeacon seid,

und wir wollten euch kein bisschen anders haben,
wir haben nur festgestellt, wie umwerfend ihr seid,

kommt schon, wir würden doch nicht mit euch abhängen,
wenn wir euch nicht cool finden würden,
wir hassen fast jeden hier, aber euch nicht,
und wenn das von uns kommt, ist das ein verdammtes Wunder,

also hört auf rumzuzicken und kommt mit in
die Kirche eine rauchen.

Jons Entschuldigung

Yasmeen hat schon erklärt, warum ich falsch lag.

Und ich schwöre, ich habe das gesagt,
nicht sie.

Es tut mir so leid, wenn ich euch verletzt habe,
auch nur für eine Sekunde.

Denn ich habe es nicht so gemeint.

Und ich finde euch beide perfekt.

Aber ich weiß, wie sich das angehört hat.
Und ich möchte euer Freund sein.
Also verzeiht mir bitte.
Und lasst es mich wieder gutmachen.

Denn die einzige
Verschwendung hier bin ich.

Aber
ich habe gemeint, was ich gesagt habe.

Ihr seid wunderschön.

Das wisst ihr doch,
oder?

Strafe

Tippi und ich arbeiten im Unterricht zusammen,
weit ab von den anderen Schülern,
auch von Yasmeen und Jon.

Während der Freistunden
halten wir uns vom Gemeinschaftsraum fern
und streifen auf dem Schulgelände herum
auf der Suche nach einer Sitzgelegenheit,
wo wir nicht angestarrt werden.

Beim Mittagessen
kämpfen wir uns in der Cafeteria allein durch
und nehmen unsere Tabletts mit raus in den Innenhof,
wo wir uns auf eine Bank setzen und zusehen,
wie graue Eichhörnchen
an den Kastanienbäumen
herauf- und herunterflitzen.

Wir gehen nicht in die Kirche
während der Stillarbeitsstunden.
Ich nutze die Zeit, um Sternchen auf meine Finger zu malen
mit einem Edding,
und Tippi mistet ihren Rucksack aus.

Zwischen den Stunden versucht Jon, auf dem Korridor mit mir
zu reden,
fasst mich am Arm und flüstert mir eilige Entschuldigungen
zu.

Yasmeen schickt Tippi Hunderte SMS.

Aber wir bleiben dabei.

Wir bleiben so lange echt sauer auf sie,
bis es ziemlich offensichtlich wird, dass
sie nicht die Einzigen sind, die wir bestrafen.

Himmelwärts

Dragon macht bei einer Amateuraufführung von
Schwanensee mit.

Sie spielt den Schwan,
am Anfang ganz in
hauchdünne Lagen von weißem Tüll gehüllt,
aufgeplustert wie ein Sahnebaiser
und dann von
Kopf
bis
Fuß
in rabenschwarzen Rüschen und Federn.

Im Theater
sitzen wir in der letzten Reihe,
wo niemand nach uns schielen kann.
Ich bin fasziniert von ihren Füßen,
von den schwarzen Ballettschläppchen,
davon, wie sie
niemals die Bühne zu berühren scheinen.

Ich bin hingerissen von Dragons
Beinen und Armen
und der Art, wie sie herumwirbelt

und sich so aufrecht hält,
dass sie zu schweben scheint –
kein bisschen trampelnder Drache, sondern eine
Libelle,
ein Schmetterling,
eine Biene.

Ich bin verblüfft und für einen Augenblick
bin ich eifersüchtig,
denn vor *Schwanensee*
wusste ich nicht,
dass andere Leute so etwas
können,
wenn sie sich nur die Zeit nehmen
zu üben –
ich hatte keine Ahnung, dass normale Leute
fliegen können.

Nicht mehr im Rampenlicht

Nach der Aufführung
posiert Dragon für Fotos,
und Horden von stolzen Eltern
drängen sich zusammen,
halten ihre Handys hoch
und knipsen Bilder.

Aber Mum und Dad
sind verschwunden.

„Wo sind die hin?", frage ich Tippi.

„Dad ist das Auto holen gegangen", antwortet sie.

Wir schleppen uns Richtung Bühne,
doch als wird endlich dort ankommen,
sind wir zu spät:
Der Pulk löst sich bereits auf.

Dragon steht schon nicht mehr
im Rampenlicht.

Dünn

Im Malibu Diner auf der Washington Street,
wo wir
nach *Schwanensee*
alle zur Feier des Tages hingehen,
verkündet Dragon:
„Ich würde zu gern *Romeo und Julia* mit Nurejew tanzen."

„Mit wem?", frage ich.
Meine Familie macht sich über einen Teller mit Nachos her.

„Ach, niemand. Nurejew ist schon tot,
also besteht nicht die geringste Chance, mit ihm zu tanzen.
Aber er war der größte Tänzer aller Zeiten."
Dragon knabbert
wie eine Wüstenspringmaus
am Rand einer Taco
und da fällt mir – ganz plötzlich – auf,
wie dünn ihre Finger geworden sind –
wie Zweige mit Knubbeln statt Knöcheln.

„Du bist so dünn", sage ich,
greife nach ihrem Handgelenk und kann es viel zu locker
mit meinem Daumen und Zeigefinger umschließen.

Mum bestellt Limo nach.
Dad noch ein Bier.
Tippi beißt herzhaft in ihre Taco.

„Ich weiß", erwidert Dragon
und wird rot,
hocherfreut
über etwas, das sie als
Kompliment auffasst.

Ein Scherz

Dragon bringt uns die fünf Grundpositionen des Balletts bei.
Wir dürfen uns an Stühlen festhalten, um das Gleichgewicht
nicht zu verlieren,
aber sie tippt uns mit einem Lineal am Rücken an, damit wir
uns
gerader halten,
und unter dem Kinn, damit wir es höher tragen.

Tippi und ich haben nicht gerade
den Körperbau einer Ballerina,
erst recht nicht die nötige Disziplin,
und so kichern wir schließlich so sehr, dass wir umfallen.

Und sie lacht und lacht,
bis sie schließlich bemerkt, dass ich es nicht tue –
dass ich kaum atmen kann,
dass jedes Quäntchen Sauerstoff
aus dem Zimmer abgesaugt worden zu sein scheint.

Dragon kreischt und läuft davon.

Als Mum und Dad bei uns ankommen,
schnappt auch Tippi nach Luft.

Ich ziehe sie hoch.
Ich ziehe sie hoch und sehe unsere Eltern an.

„Es war ein Scherz", sage ich.
„Mir geht's gut. Ich habe nur *Spaß* gemacht."

Dragon kneift die Augen zusammen.
Mum und Dad schauen missbilligend drein.
Und doch entschließen sich alle
aus irgendeinem Grund,
mir zu glauben.

Alle außer Tippi.

Oktober

Ein Triumph

Mrs Buchannan bringt der ganzen Klasse Badminton bei,
und anstatt nur zuzusehen,
machen wir lieber
ungeschickt mit.
Trotzdem. Obwohl der Federball leicht ist
und Tippi und ich
jede einen Schläger bekommen,
gelingt es uns nicht mal im Entferntesten, einen einzelnen
Spieler auf der
anderen
Seite
zu schlagen,
selbst wenn der andere Spieler Jon ist,
selbst wenn er nicht einmal zum Ball rennt.

Man sollte meinen, er ließe uns auch mal
ein paar Punkte machen.

Man sollte meinen, er würde sich erbarmen,
den Federball großmütig
ein paar Mal
in seiner Spielfeldhälfte zu Boden segeln zu lassen.

Aber Mitleid gehört nicht zu diesem Spiel.

Vielleicht sollten wir uns entmutigt fühlen.
Vielleicht sollte Badminton uns das Gefühl geben,
Verlierer zu sein.

Aber zu wissen, dass wir ehrlich verloren haben,

zu wissen, dass es Jon egal ist, wie wir das aufnehmen,

das ist schon ein Triumph in sich selbst.

Nach dem Badminton

Doch der Triumph fühlt sich ziemlich vergänglich an,
als
Tippi und ich gezwungen sind,
noch lange
nach der Sportstunde
auf der Toilette sitzen zu bleiben,
nachdem wir längst fertig sind mit dem Pinkeln,
nur damit wir
wieder zu Atem kommen.

„Wir sollten es langsamer angehen lassen",
meine ich.
„Ja, bitte", stimmt Tippi mir zu.

Dieses eine Mal
stimmt sie mir zu.

Wiedervereint

Tippi und ich kreuzen bei der Kirche auf
und bringen eine Riesentüte Chips
für alle mit.

„Dann ist wieder alles gut zwischen uns?", fragt Yasmeen.

„Schätze schon", murrt Tippi
widerwillig.

Ich grinse.

Ich grinse und Jon grinst
zurück.

„Es kam mir vor, als wärt ihr ewig weg gewesen", meint er.

„Ich weiß", gebe ich zurück.
„Aber jetzt sind wir wieder da."

Normal

„Warum bist du nicht mit den Sportskanonen
oder den Rockern
oder den Nerds
oder *irgendwelchen* Typen
in der Schule befreundet?",
frage ich Jon.

„Ich habe ein Stipendium, Grace.
Du weißt, was das heißt.
Wir sind zu normal für die."

„Willst du mich verarschen?
Du bist normal.
Und normal ist gut.
Normal ist mein Ziel",
erkläre ich ihm.

Er schüttelt den Kopf und
nimmt meine Hand,
streichelt meinen Daumen
mit seinen Fingern
und lässt die Gefäße in meinem Herzen brennen.

„An einem Ort wie diesem ist normal eine Beleidigung",
meint er.
„Tief im Innersten

will *jeder* ein
Star sein
und normal ist der Weg in die
Nichtigkeit."

Aber *jeder* irrt sich.

Normal ist der Heilige Gral,
aber nur diejenigen, die es nicht sind,
wissen um seinen Wert.

Das ist es, was ich immer sein wollte,
und ich würde
eigenartig oder sonderbar oder eindrucksvoll oder erstaunlich
jederzeit
gegen normal
eintauschen.

„Ich liebe dein Normal", sage ich zu ihm
und spüre, wie mein Gesicht
glüht,
während ich mich frage, wie mir
diese Worte nur rausrutschen konnten –
Worte, die zu dicht an der Wahrheit sind.

Er beobachtet mich.

„Ich weiß, dass du das tust", meint er.

Der Leser

Jon leiht mir alle Bücher aus, die er liebt,
nachdem er sie gelesen hat –
dicke Wälzer wie Türstopper,
mit geknickten Ecken
und gebrochenen, sonnengebleichten Rücken.

Manchmal folge ich seinem Beispiel,
lese weiter in *Früchte des Zorns*
bis ich auf eine Seite mit einem Eselsohr stoße,

höre dann auf,

damit ich mir seinen Leserhythmus aneignen kann,
fühlen kann, wie
es für ihn gewesen sein muss,
diese Seiten umzublättern,
diese Wörter zu sehen,
und ich die Umrisse seiner
Gedanken
nachfahren kann.

Ich kann mir nie heimlich einen Film anschauen
und sogar mit meinen Kopfhörern
auf den Ohren
weiß ich, dass Tippi das blecherne Rauschen

meiner Musik
wahrnimmt.

Aber wenn ich lese,
bin ich vollkommen allein.
Ich finde Abgeschiedenheit von ihr
und von jedem anderen.

Als ich
Die unerträgliche Leichtigkeit des Seins
lese,
befinde ich mich nicht in Hoboken, sondern in
Milan Kunderas
Prag
bei der verführerischen Sabina,
die nichts an hat außer einer Melone,
und ich stehe neben ihr, als sie die Tür zu ihrem
Atelier öffnet, um ihren Liebhaber zu empfangen.

In Virginia Woolfs
Orlando
bin ich allein,
in Orlandos Kammer,
als sie als Frau erwacht,
nachdem sie ihr ganzes bisheriges Leben als bildschöner Mann
gelebt hat.

Und trotzdem,
irgendwie,
habe ich das Gefühl, dass ich
– in dem Wissen, dass Jon seine Blicke
über diese Seiten hat schweifen lassen
und genau dieselben Worte verdaut hat,
die ich gerade verschlinge –
auch ihn darin schmecken kann.

Diät

Ich klopfe das Hühnerfleisch flach,
bestäube es mit Mehl wie ein Schnitzel
und brate es in heißem Sonnenblumenöl,
bis es
in der Pfanne
brutzelt und
zischt.

Doch das Einzige, was Dragon über die Lippen kommt,
sind ein paar Scheiben Gurke
aus dem noch nicht angemachten Salat.
Sie knabbert daran wie ein junges Kaninchen
und schiebt alles andere
an den Tellerrand.

Ich lege meine Gabel beiseite.

„Du magst das Schnitzel nicht", sage ich.

Mum schaut auf und meint:
„Du musst etwas essen, mein Schatz",
allerdings zu müde, um irgendetwas zu bewirken.

Dragon schüttelt den Kopf.
„Ich hatte mittags schon eine Riesenportion",
behauptet sie und grinst so angestrengt
und so breit,
dass es bloß eine Lüge sein kann.

Unser Anteil

Dragons Ballettschule plant eine ganz besondere Reise,
nach Russland,
sechs Wochen,
aber sie kann nicht mit,
jedenfalls nicht, wenn Mum und Dad jeden Cent,
den sie erübrigen können,
dafür ausgeben, uns zur Therapie zu schicken, und
für die beste Krankenversicherung,
die es gibt, damit
wir nicht
tot
umfallen.

„Es ist Dads Schuld", meint Tippi.
„Jedes Mal, wenn er säuft, spült er
Geld das Klo runter."

Aber wir können nicht so tun, als sei es nur das.
Wir müssen uns eingestehen, wie viel wir kosten –
welche Opfer unsere Schwester unseretwegen bringen muss.

„Du weißt, was wir machen könnten", sage ich.
Tippi wischt den Vorschlag
mit einer Handbewegung weg.

Wir haben schon früher darüber diskutiert,
ins Fernsehen zu gehen,
und uns darauf geeinigt, es nicht zu tun,
darauf, niemals jemanden an uns ranzulassen
außer denen, die wir lieben.

„Keine Chance", gibt Tippi zurück.
„Eher friert die Hölle zu."

Als ich Tippi in Dragons Zimmer schleppe,
tut unsere Schwester so, als ob sie sich nichts
draus machen würde,
nach Russland zu fahren oder aus dem
Bolschoi-Ballett oder gar sich selbst.

„Dann fahre ich eben ein anderes Mal mit", sagt sie,
streckt ein Bein nach hinten aus,
benutzt ihren Schreibtisch als Ballettstange
und biegt ihren Rücken
zu einer perfekten
Mondsichel.

Ich könnte heulen,
aber Tippi wendet sich ab.
„Ich geh nicht ins Fernsehen", murmelt sie.

Mager

„Machst du eine Diät?",
fragt Mum am nächsten Abend,
während sie eine Dose gesalzenen Lachs
öffnet
und Tippi in den Unterarm
kneift.

Tippi zieht ihn weg.

„Mädchen und ihre Figur",
grummelt Dad.
Heute hat er noch
nichts getrunken.
Stattdessen ist er nach
New York gefahren
und riecht jetzt wieder
sauber,
nach Holzspänen
und Babyfeuchttüchern.
Aber dennoch
ist seine Stimme
scharfkantig wie Stacheldraht.

„Wir sollten
Dr. Derrick konsultieren",
findet Mum.

Sie schaufelt den Lachs
auf Scheiben von
Vollkornbrot
und gibt einen Klecks
Mayonnaise darauf.

Ich schaue Tippi an.
Sie *hat* abgenommen,
nur ist mir das bisher nicht aufgefallen.

Und das ergibt keinen Sinn.

Ich bin diejenige, die nach
Karottenstreifen und Früchtetee
süchtig ist.

„Vielleicht sollten wir wirklich
zum Arzt",
meint Tippi und ich erstarre.

„Ja,
macht einen Termin aus",
trägt uns Dad auf
und stapft
aus dem Zimmer
und zieht eine Spur
grauer Stimmung
hinter sich her.

„Dafür besteht wirklich kein Grund", sage ich.
„Mir geht's großartig.
Dir nicht auch?"

Tippi verkrampft sich
und beißt in ihre Hälfte unseres
Lachssandwichs.
„Meistens", flüstert sie.
„Aber nicht immer.
Und dir auch nicht."

Auf der Suche nach Bindfaden

Dad kauft eine Vogelfutterstation,
welche er mit Körnern füllt.
Er wühlt in der Krimskrams-Schublade herum
und sucht nach Bindfaden,
um den langen, grünen, dreistöckigen Zylinder aufzuhängen.
Doch als er keinen findet,
stapft er in den Keller hinunter,
aus dem er
Minuten später
mit leeren Händen
wieder heraufkommt.
Je länger er sucht,
umso fester trampelt er herum,
umso heftiger atmet er.

„Lasst uns ihm beim Suchen helfen", schlage ich vor.

Tippi schüttelt den Kopf.
„Er ist doch kein Kind mehr,
er muss allein mit seinen beschissenen Gefühlen
klarkommen",
sagt sie,
als ob sie noch nicht darauf gekommen wäre,
dass für Dads Gefühle immer
jemand anderes verantwortlich ist.

Wie er auf andere wirkt

Bevor der Winter
mit gefletschten Zähnen und eisigen Kiefern
über uns herfällt,
schmeißt Dad den Grill an
und wir laden die ganze Familie ein,
Hot Dogs und gegrillten Mais zu essen.
„Euer Dad ist so *lustig*",
meint unsere Cousine Hannah,
als sie kichernd
zusieht,
wie Dad seine Beyoncé-Show abzieht,
mit dem Hintern wackelt,
mit den Armen rudert
und sich an Mum hängt, als sei sie eine
lebende Poledance-Stange.

„Er ist nicht immer so", erwidere ich.

„Echt?", fragt Hanna.

„*Echt*", sagt Tippi.
Unsere Cousine runzelt die Stirn und
schüttelt den Kopf.
Sie glaubt uns kein Wort.

Geschwollene Knöchel

Am Montagmorgen
sitzen Tippi und ich
auf einem Tisch im Gemeinschaftsraum
und sehen zu, wie Yasmeen und Jon hastig unsere
Geschichtshausaufgaben
abschreiben.

Tippi hebt ihr Bein und streckt den Fuß.
„Ich habe einen dicken Knöchel", stellt sie fest.
„Wann ist das passiert?"

Yasmeen schaut auf
und stupst Tippis Fuß mit ihrem Kuli an.
„Wahrscheinlich bist du schwanger", meint sie
und grinst verschmitzt.

Ich lache und hebe mein Bein an.
Strecke den Fuß.
Bemerke, dass auch mein Knöchel
nicht mehr so schlank ist,
wie er mal war.

Soll das etwa fair sein?

Dass siamesischen Zwillingen
zu allem anderen auch noch
die Knöchel anschwellen?

Wenn wir getrennt sind

Jetzt wo Jon und ich unsere Nummern ausgetauscht haben
und er unter
meinen Favoriten
gespeichert ist,
verstecke ich in jeder Unterrichtsstunde,
die wir nicht zusammen haben,
das Handy
unter meinem Tisch,
simse ihm
und warte auf seine Antworten.

Tippi verdreht die Augen.
„Ich lasse dich später nicht abschreiben",
erklärt sie.

Aber das ist mir egal.

Gerade ist eine neue SMS angekommen.

SMS

Was bedeuten
die Tattoos
auf deinerHand???
    Nix
Kann nicht nix sein
    Doch
Nee
    Vllt mag ich Sterne ...
    Vllt bin ich so seicht
Biste nicht!
    Bin ich wohl
Sag schon!!!
    Sie erinnern mich daran,
    dass das Universum
    größer ist als ich
Als du?
    Als das, was wir für
    wichtig halten
Brauch auch
ein paar Sterne
    Aber echt

An der Seitenlinie

Während die anderen Mädchen Basketball spielen,
sitzen wir an der Seitenlinie,
ich mit einem Buch,
Tippi mit ihren Kopfhörern auf.

Margot Glass macht auch
nicht mit
und sitzt bei uns,
direkt neben mir
auf der Holzbank.

„Hab meine Tage", erklärt sie,
holt eine Tube mit klebrigem Lipgloss raus
und schmiert es auf
ihre vollen rosigen Lippen.

„Tic Tac?", fragt sie
und hält mir eine durchsichtige Box mit
den kleinen weißen Dragees hin.

Unsere Klassenkameraden machen sich nichts aus uns,
nur
einen weiten   Bogen um uns,
deshalb bin ich überrascht, dass Margot überhaupt mit
mir spricht.

„Gern", erwidere ich
und Margot
lässt vier winzige Minzbonbons
in meine Hand
prasseln.

„Gestern Abend habe ich noch zu ein paar von den
anderen Mädchen gesagt,
wie leid du und deine Schwester mir tut", erzählt Margot.
„Ich brauche meinen Freiraum.
Ich könnte es nicht ertragen, mich die ganze Zeit
so gefangen zu fühlen."
Margot
öffnet den Mund
und kippt sich die Tic Tacs direkt rein.

„Uns macht das nichts aus", erwidere ich.

Margot Glass schenkt mir ein Beinahelächeln –
ihre Lippen und Augen
hart und traurig.

Ich schließe die Finger um die
Tic Tacs in meiner Handfläche und
ganz langsam
schmilzt der süße, minzige Überzug
in meiner zuckrigen
Faust.

Trotzdem Danke

Auf dem Rasen vor Jons Haus fliegen jede Menge
leere Bierdosen herum und ein vor sich hin rostendes,
reifenloses Fahrrad ist am
Maschendrahtzaun
angeschlossen.
Die Fenster seines Hauses
sind mit Gittern gesichert
und an der Haustür ziert ein grünes Graffito das Glas.

Als er die Tür aufstößt,
springt ein Schäferhund an uns hoch
und schleckt uns die Arme.
„Aus, Kleiner", sagt er
und zerrt den Hund weg.

Im Haus riecht es nach Zigaretten.
Schmutziges Geschirr türmt sich in der Spüle auf.
Der Fernseher läuft – aber niemand schaut fern.

Jon geht zum Kühlschrank.
„Cola?", fragt er
und ich laufe vor Scham rot an,
weil das Letzte, was ich will,
ist, etwas in diesem Haus
zu essen oder trinken.

Es klingelt an der Tür.
„Das wird Yasmeen sein", meint Jon und
beeilt sich aufzumachen.

Ein Typ mit grauem Bart und
einer tätowierten Träne unter dem Auge
kommt aus der Badezimmertür.
„Ey, fuck", sagt er,
lässt seine Zigarette auf den gekachelten Boden fallen
und zertritt sie mit dem Stiefelabsatz
zu Tabakstaub.
„Oh Mann ...
fick mich doch, ey", wiederholt er
und
so höflich, als ob wir
Kürbiskuchen
angeboten bekommen hätten,
erwidert Tippi:
„Nein.
Aber trotzdem Danke."

In Jons Zimmer

In Jons Zimmer riecht es nach ungewaschener Bettwäsche
und Aftershave.
Die Wände sind mit Fotos von toten Schriftstellern
und
Tattoo-Motiven tapeziert.

„Tut mir leid, dass ich unhöflich war zu deinem Dad", sagt
Tippi
und fügt hinzu:
„Obwohl ich es nicht wirklich bedauere."

Jon lacht.
„Cal ist mein Stiefvater. Er ist in Ordnung.
Er ist hier, verstehst du.
Er ist geblieben, nachdem Mum abgehauen ist.
Er ist zwar manchmal ein Arschloch,
aber er hat sich nicht verpisst.
Er bezahlt meine Zugfahrkarte und mein Mittagessen
und ohne ihn
würde ich auf diese Assi-Schule gegenüber gehen
und nie aus diesem Loch hier herauskommen.
Cal meinte, er würde bleiben, bis ich aufs College komme.
Dann zieht er nach Colorado.
Er steht auf Schnee."

Yasmeen streckt sich auf Jons Bett aus und summt.
Tippi schaut seinen riesigen Stapel DVDs durch
und ich beobachte Jon dabei,
wie er sich durch einen Haufen zusammengeknüllter
Schmutzwäsche wühlt,
und wünsche mir, den Mumm zu haben, ihm zu sagen,
dass seine Mutter hätte bleiben sollen,
dass er nicht verdient hat, fallen gelassen zu werden,
und
dass
ihn zu verlassen
das Dümmste war,
was sie je getan hat.

Na, es kann ja nicht schaden

Zu meinem zehnten Geburtstag
hat Mum mir eine silberne
Hasenpfote
als Kettenanhänger geschenkt.
Seitdem habe ich sie nie wieder abgenommen,
habe keinen Tag verstreichen lassen,
an dem ich kein
Glück auf der Haut getragen hätte.

„Was ist das?", will Jon wissen
und dreht den Anhänger
zwischen den Fingern.
Seine Hand riecht nach Seife.

„Ein Glücksbringer", erkläre ich ihm.
Er kneift die Augen zu Schlitzen zusammen,
rückt auf dem Bett näher an mich heran.

Tippi und Yasmeen hören nicht zu.
Sie studieren die Karte eines Lieferservice
und wählen Pizzazutaten aus.

„Und du glaubst wirklich an so Zeug?",
fragt Jon.

Ich senke den Blick
und komme mir auf einmal sehr kindisch vor.
„Weiß nicht", antworte ich.
„Aber es kann ja nicht schaden, oder?"

„Keine Ahnung", meint er
und lässt die Hasenpfote los.
„Wirklich, keine Ahnung."

Eifersucht

Jon fährt uns nach Hause,
in Cals Wagen,
und ich muss mich wirklich zusammenreißen,
um nicht auf Tippi sauer zu sein,
weil sie der linke Zwilling ist
und eine geschlagene Viertelstunde
so dicht neben Jon sitzen kann.

Aufbleiben

Dad liegt auf dem Sofa,
ganz allein im Dunkeln.

„Ihr kommt ziemlich spät", stellt er fest.

„'tschuldigung", antworten Tippi und ich wie aus einem Mund.
Wir gehen zu ihm.

„Ich hab mir Sorgen gemacht", sagt er.

Die Dunkelheit lichtet sich.

„Na, jetzt seid ihr ja zu Hause", meint er.
„Gute Nacht."

Und ohne ein weiteres Wort
schleicht er sich ins Bett.

Alles, nur das nicht

Tippi zappelt im Bett neben mir herum und kramt dann
ihr Handy hervor,
dessen Lichtschein
ihr Gesicht erhellt.

„Ist irgendwas?", frage ich
und warte darauf,
was immer es
auch ist.

Sie neigt den Kopf
zur Seite
und sieht mich mit einem traurigen Gesichtsausdruck an,
der auch meiner ist.

„Ach, Grace", meint sie.

Sie blinzelt mit meinen Augen
und beißt sich auf meine Lippen.

Wir sehen so sehr
wie ein und dieselbe Person aus,
dass ich manchmal vor ihr
zurückschrecke,

es satt habe,
jeden Tag meines Lebens in einen
Spiegel zu schauen.

„Wir können zur Schule gehen", sagt sie,
„und uns Jobs suchen
und Autofahren und schwimmen und wandern gehen.
Du weißt, dass ich dir
überallhin folgen würde, Gracie.
Alles was du willst,
du brauchst es nur zu sagen,
dann machen wir es.
Wir können alles machen,
okay?"

„Okay", wiederhole ich.

„Aber wir dürfen uns nie,
niemals
verlieben.
Verstehst du?"

„Ja", flüstere ich.
„Ich weiß."

Aber ihre Warnung kommt
zu spät.

Die Bunker-Jungs

Die ursprünglichen siamesischen Zwillinge,
Chang und Eng,
Links und Rechts,
die Bunker-Jungs,
wie ich sie gerne nenne,
wurden mit einem Strang aus Knorpelmasse geboren,
der sie
Brust an Brust
verband.

Sie waren die Vorzeigekinder
für Menschen wie uns – Missgeburten, natürlich,
aber erfolgreiche Missgeburten,
nachdem sie
als Babys
König Ramas Todesurteil
entgangen waren.

Und trotz allem, was Tippi über die Liebe sagt, hatten
Chang und Eng Bunker
zusammen
zwei Ehefrauen und einundzwanzig Kinder.

Sie haben zusammen gelebt, geliebt, gekämpft
und sind zusammen gestorben,

was mich hoffen lässt
und ich mich frage,
was uns davon abhält,
selbst
ein klein wenig siamesisch
zu sein.

Wortassoziation

„Du wirkst zerstreut", stellt Dr. Murphy fest.

Tippi hört sich irgendein neues Album an.
Ihr Fuß wippt im Takt mit.
Ich wünschte, ich wäre mit ihr in der Musik,
anstatt hier
mit Dr. Murphy, die nichts Sinnvolles tut –
die lediglich versucht, mich dazu zu bringen
mich
zu fühlen.

„Mir geht's gut", sage ich.
„Ich finde die neue Schule super."

Dr. Murphys Augenbrauen wippen auf und ab.
Sie legt ihr Klemmbrett und ihren Stift weg.

„Lass uns ein bisschen Wortassoziation spielen", meint sie.

Wir haben dieses Spiel auch früher schon gespielt.
Wir haben dieses Spiel gespielt und ich habe immer
gelogen,
denn was könnte

ihr schon
irgendein
einzelnes
Wort sagen?
Wie könnte
ein
Wort
ihr sagen, wer ich bin.

„Ehe", schlägt sie vor.

Ehe.
Mum, Dad,
schlecht, traurig,
zerbrochen, kaputt,
leer,
allein.

„Hochzeitstorte", erwidere ich und klatsche leise, als würde ich glauben, dass dies ein Spiel ist und nicht eine Methode, um in meiner Seele herumzuwühlen.

Dr. Murphy sagt:
„Schwester."

Schwester:
hier, jetzt,
vereint, Blut,
Knochen, brechen,
Ohnmacht, stürzen,
sterben,
allein.

„Dragon", antworte ich.

Dr. Murphy schnieft und ich kann nicht sagen, ob
das bedeutet, dass ich ihren Test bestanden habe oder nicht.
Das spielt allerdings keine Rolle.
Unsere Zeit ist um,
also wird nicht mehr
gestochert.

Bis zum nächsten Mal.

Der Hafen

Tippi und ich gehen Richtung Wohnviertel und dann
nach Osten
zum Hafen,
um Mum zu treffen, die mit der Pendlerfähre
aus der Stadt kommt.

Die Schiffswerft ist nicht mehr das, was sie
vor Jahren noch war,
eine Heimat für Metall- und Hafenarbeiter,
ein geeigneter Ort für Industrie.

Heutzutage ist sie überlaufen mit
Saftbars und
Yogastudios,
mit Kinderwägen, teurer als Autos.

Der Fähranleger.

Ich lege meine Hand auf die Lehne einer Bank,
schließe die Augen,
japse, als wäre ich gerade einen Marathon gelaufen,
mein
Herz rast,

fleht mich an, es langsamer angehen zu lassen.
„Grace?", fragt Tippi.

Ich öffne die Augen in dem Moment,
als Mum
auf dem breiten Landungssteg auftaucht
und winkt.
Das Schiff speit schwarzen Rauch über den
Hudson River.

Ich winke zurück und Tippi tut es mir nach.
„Alles gut",
antworte ich
und wir gehen zusammen los,
um unsere Mutter
mit einem Lächeln zu begrüßen.

Ein bisschen Kurzatmigkeit

„Irgendwas stimmt nicht", meint Tippi
am nächsten Morgen im Zug auf dem Weg zur Schule.
„Ich will genauso wenig wie du
nach Rhode Island.
Aber irgendwas stimmt nicht."

Ich halte ihre Hand.
„Das ist doch nur ein bisschen Kurzatmigkeit", erwidere ich.

„Gut", sagt Tippi.
„Dann macht es dir ja sicher nichts aus, wenn ich es
Dr. Derrick beim nächsten Check-up erzähle."

Die Heilige Katharina

In Philosophie nehmen wir
das Leib-Seele-Problem
im Wandel der Zeit durch, um uns
auf eine Debatte vorzubereiten.

Und ich bin mit
der Heiligen Katharina von Siena dran, geboren 1347.
Sie hat die Pest überlebt
als Baby,
ist dann aber trotzdem
mit dreiunddreißig gestorben, weil
sie nicht essen wollte.

Tippi behauptet, sie hatte
eine nicht diagnostizierte Magersucht,
aber die Heilige Katharina sagte, dass sie nicht glaube,
ihre Seele brauche diese Art von Nahrung
und konzentrierte sich
stattdessen
ganz auf Gott und das Gebet,
darauf, allem Irdischen zu entsagen
und eine Leiter hinauf zum Göttlichen zu erklimmen.

Manchmal wünschte ich, ich könnte so sein:
nur meiner Seele
verpflichtet,
anstatt mich die ganze Zeit
um diesen Körper zu sorgen.

Früher November

Eine Überraschung

Anstatt den grünen Rock ihrer Schuluniform zu tragen,
hat Yasmeen einen Jeansminirock
und eine Strumpfhose mit Leopardenmuster an.
Sie hat ihre
pinkfarbenen Haare
mit Haarspray
in Form einer sich brechenden Welle
aufgestellt
und die Lehrer lassen sie gewähren, denn
heute ist ihr siebzehnter Geburtstag und jeder weiß, dass die
Geburtstage
von Kranken
irgendwie heilig sind.

„Ich könnte zur Feier des Tages Sex haben", sagt sie
und jauchzt so laut auf,
dass alle im Kunstraum
mit dem Pinsel
über ihren wässrigen
Selbstporträts
innehalten und sie anstarren.

Anstelle eines Festes
gibt Yasmeen eine Pyjamaparty.

Das jedenfalls erzählen wir Mum.

Wir erwähnen lieber nicht, dass wir
am Samstag in der Kirche herumhocken werden,
unter kahlen Ästen
und funkelnden Sternen,
dass wir auf dem Schulgelände herumschleichen werden,
wenn schon für die Nacht abgesperrt ist.

Sobald Jon losgezogen ist, um mehr Farbe anzumischen,
schiebt Yasmeen uns eine Karte herüber
mit einem glitzernden Herz und dem Wort
LIEBE in verschnörkelten Großbuchstaben
wie ein Monogramm
auf der Vorderseite.

„Die ist von Jon", sagt sie.
„Ich wünschte, er würde das lassen.
Ich habe ihm gesagt, wie ich empfinde."

Mein Herz
rammt meine Rippen,
als ob mir jemand
beim Autoscooter
von hinten reingefahren wäre.

Ich gebe die Karte zurück, ohne sie zu lesen.

Yasmeens Selbstporträt ist schwarz,
die Augen nur winzige Kiesel in einem zu runden Gesicht.
„Scheiße, oder?“, fragt sie.

Ich bin mir nicht sicher,
ob sie das Porträt meint oder
das Problem mit Jon.

Alles was ich weiß, ist, dass
ich mir härtere Schicksalsschläge vorstellen kann,
als von ihm gemocht zu werden,
als eine Karte zu öffnen,
die er mit Küssen bedeckt hat.

„Du überbewertest das vermutlich“,
sagt Tippi zu Yasmeen.
Sie macht den Mund auf,
um noch etwas zu sagen,
doch dann überlegt sie es sich anders
und streichelt mir stattdessen die Seite.

„Alles in Ordnung mit dir?“, fragt Tippi später.

Ich nicke.

Mir geht's gut.

Und dann sage ich:

„Ich werde mich in der Kirche besaufen."

Ich beobachte ihn

Ich beobachte, wie er mit Yasmeen umgeht,
aber ich kann seine Liebe zu ihr in nichts entdecken
und frage mich,
ob sie sich nicht irrt,
ob die Karte
wirklich das bedeutet,
was sie vermutet.

Entweder liegt sie falsch
oder ich bin blind,
denn von meinem Standpunkt aus
kann ich nicht erkennen, dass er uns
irgendwie anders behandeln würde
als sie.

Für zwei essen

Ich habe keinen Hunger.
Selbst der Anblick des scharfen Hühnchens
auf einem Bett aus Safranreis
dreht mir den Magen um.
Ich muss wegschauen.
„Isst du das nicht?",
fragt Tippi.
Ich schiebe
ihr den kleinen Teller zu,
meine Hälfte unserer Portion.
„Kannst du haben", sage ich
und sie verschlingt hastig
genug für uns beide.

Wichtiger

Dunkle Wolken ziehen in der Ferne auf.
„Ich hoffe,
es regnet heute Abend nicht,
sonst können wir nicht
auf Yasmeens Geburtstag gehen", sage ich.

Tippi zieht mich vom Fenster weg.
„Sich Sorgen zu machen, hilft da auch nicht", meint sie.

„Sich Sorgen zu machen, hilft wo nicht?", will Mum wissen,
als sie in unser Zimmer kommt,
mit einem Riesenstapel frischer Wäsche,
über den sie kaum drüberschauen kann.

„Grace will nicht, dass es regnet", sagt Tippi.

Mum legt die Wäsche ab und nimmt
zwei schmutzige Teller
voller Krümel hoch.

„Wenn ich ihr wäre,
würde ich mir über
etwas Wichtigeres Sorgen machen", erwidert sie,
und ohne zu erwähnen, was das sein soll,
verlässt sie das Zimmer
und macht die Tür
nachdrücklich hinter sich zu.

Handlesen

Die Kirche scheint zu wimmeln von all dem Krispeln
und Kraspeln
der Nachtfalter.

Der Mond ist verborgen
hinter dicken Wolken.
Ein Schauder kriecht langsam
unter meinen Pulli und
in meine Knochen.

Ich habe geglaubt, die vielen Biere, die ich gekippt habe,
würden
meine Gefühle für Jon
unterdrücken,
sie in einen stillen Winkel drängen
und mir Raum für andere Gedanken lassen –
Dinge, die
möglich
wären.

Doch das Gegenteil ist der Fall.

In meinem Kopf schwirren so viele Worte, die ich ihm hier
in der Dunkelheit
zuflüstern möchte.

Sein Gesicht erscheint mir jetzt schöner als je zuvor
und sein Lachen lässt meine Muskeln anspannen vor
Sehnsucht.

Tippi spürt es, zuckt zusammen,
dann nippt sie an einer fast leeren
Flasche Rotwein und knabbert einen Haschkeks.

Yasmeen klampft ein paar Songs von
Dolly Parton auf der Gitarre und singt dazu.

Jon sitzt neben mir auf dem feuchten
Baumstamm.
„Gib mir deine Hand", verlange ich
und ergreife sie,
drehe
sie mit der Handfläche nach oben
zum schwarzen Himmel.

„Sag mir meine Zukunft vorher", fordert er.

Ich fahre mit meinem Daumen
quer
über seine Handfläche
und starre ihn im Mondschein an,

sauge ihn ein
und unsere Nähe.
„Deine Kopflinie sagt mir, dass du neugierig und kreativ bist",
sage ich.
„Und deine Herzlinie ist sehr ausgeprägt."

„Verstehe", meint er,
spreizt die Finger
und bietet mir seine ganze Hand an.

Das Bier versucht mich dazu zu drängen,
etwas zu sagen, das ich nicht sagen sollte.
Ich beiße mir auf die Zunge
bis ich Blut schmecke.

Tippi schaudert und legt sich eine Decke um die Schultern.

Ich schrecke auf und starre sie an.
„Was?", fragt sie.
„Hast du vergessen, dass ich da bin?"

Sie lacht
und ich schaue weg,
denn

ja,
tatsächlich

hatte ich sie
für einen Augenblick
vergessen.

Das Geschenk, das wir von unseren Müttern bekamen

Wir hören auf mit dem Wahrsagen,
dem Singen, Trinken,
Rauchen, Feiern
und sind leise.

Yasmeen durchbricht die
Stille und sagt:
„Von meiner Mum habe ich HIV bekommen.
Sie wusste es nicht. Sie hat mich nur geboren und dann
gestillt und ich hatte keine Chance.
Ich habe das miese Zeug direkt aus ihr rausgesaugt."

Niemand sagt etwas,
aber ich glaube auch nicht, dass Yasmeen das braucht.

Eine Sternschnuppe glitzert am schiefergrauen Himmel
und ich halte den Atem an und wünsche mir etwas –
ich schicke die ganze gute Energie
zu Yasmeen rüber.

Tippi nimmt meine Hand und schmiegt sich enger an mich,
denn wir wissen, wie Yasmeen sich fühlt,
wie es ist, bei seiner Geburt
mit einem Fluch belegt zu werden,
von dem die eigene Mutter
nicht wusste, dass er auf ihr lastet.

Mütterliches Erbe

Wären wir in einem anderen Jahrhundert geboren worden,
hätte man mit Fingern auf uns gezeigt und
Fragen gestellt,
was Mum im Sinn hatte,
während wir in ihr herangewachsen sind.
Damals hätte man gesagt,
dass sie
Bilder von Teufeln angesehen
oder satanische Geschichten gelesen hätte,
während sie schwanger war,
dass die Bilder
in den Mutterleib gesickert wären und
einen Eindruck auf unseren zerbrechlichen Körpern
hinterlassen hätten.

Damals hätte es jemanden gegeben, dem man
die Schuld hätte zuweisen können,
und es wäre
Mum gewesen.

Heutzutage wissen die Forscher, dass sie
nichts falsch gemacht hat,
dass es nicht ihre Schuld war,
dass unsere Eigenartigkeit nicht aus Mums
Seele
gesickert ist wie Abwasser in einen klaren Fluss,

sondern es ein einfacher Fehler bei der Empfängnis war,
sich die Eizelle
nicht so geteilt hat,
wie sie sollte.

Das sind Wissenschaft und Fortschritt
und das muss etwas Gutes bedeuten,
aber es lässt mich
all die Untersuchungen hinterfragen,
die sie an Mum
vorgenommen haben,
um herauszufinden, wie das passiert ist,
wie wir entstanden sind
und ob sie es verhindern können,
dass jemals wieder
Menschen wie wir
geboren werden.

Am Morgen

Wir fühlen uns steif und zerschlagen
und in unseren Köpfen hämmert
ein Kater,
der so übel ist,
dass sogar der zwitschernde
Vogelgesang
kaum zu ertragen ist.

Aber allem zum Trotz
grinsen wir
und
ich glaube,
ich war wahrscheinlich
noch nie
so glücklich.

Er zieht sein Ding durch

Der Flur ist eine einzige Staubwolke.
Dad steht auf einer Trittleiter und schmirgelt einen Fleck an
der Wand ab.
„Hallo, Mädels", sagt er
und „Vorsicht mit der Farbe"
und „Ich dachte, ich möble die Bude ein bisschen auf.
Wie findet ihr das?"

„Das ist eine Spitzenidee!", ruft Grammie
von irgendwoher.

Tapetenfetzen, zerrissen und zerknüllt,
liegen über den Boden verstreut
wie abgefallenes Laub.
Mum hat zwei Wochen gebraucht, um die Tapete anzubringen.
Sie hat sie ein Vermögen gekostet
und jetzt reißt Dad alles wieder runter.

„Wo ist Mum?
Weiß sie, was du machst?"
Ich flüstere.
Ich bin so leise, dass nicht einmal
der Staub
sich
in der Luft bewegt.

„Ist eine Überraschung", erklärt Dad.
Er pfeift
und schmirgelt weiter.
„Wie war euer Abend?"

Ich weiß, dass er uns begeistert sehen möchte, weil
er hier
sein Ding durchzieht.
Und ich würde ihn nur zu gern anfeuern.

Aber.

Tippi hustet und bedeckt ihren Mund.
„Ich denke, du hättest es Mum sagen sollen", meint sie.

Dad hört auf zu pfeifen.
„Es ist eine *Überraschung*", wiederholt er.
„Schon mal was davon gehört?"

„Ja", gibt Tippi zurück. „Die Sache ist nur,
ich ziehe es immer vor, erfreut zu sein anstatt überrascht."

Katzenjammer

Wir krabbeln ins Bett,
haben immer noch dieselben Sachen an wie
gestern Abend.
Ich versuche zu lesen,
doch die Worte
schwirren
auf der Seite herum,
unfähig, einen
festen Platz zu finden,
also höre ich mir stattdessen ein Hörbuch an
und lehne meinen Kopf
an die Schulter meiner schlafenden Schwester.

Glückliche Avocado

Grammie hat ein Date mit einem Mann,
den sie auf der Bowlingbahn kennengelernt hat.
Ich wusste nicht, dass Grammie auf Bowling steht.
Ich wusste nicht, dass man auf der Bowlingbahn
Männer aufreißen kann.
Und ich kann kaum glauben, dass jemand,
dessen Gesicht so verknittert ist
wie eine überreife Avocado,
mehr Glück
in der Liebe hat
als
ich.

Partner

Als Mr Potter uns aufträgt, uns zu zweit
für das Philosophieprojekt zusammenzutun,
tippt Jon mich am Arm an und fragt:
„Wollen wir zusammenarbeiten?"

Tippi rümpft die Nase.
„Grace und ich sind schon so eine Art Paar",
sagt sie,
„für den Fall, dass dir das noch nicht aufgefallen ist."

Jon schüttelt missbilligend den Kopf und
zieht mich zu sich heran,
seine Finger fahren über meine Rippen,
als wären sie Klaviertasten.
„Aber ich dachte, ihr wärt zwei eigenständige Menschen",
sagt er –
und stellt sie auf die Probe.

Tippi wendet sich nach links und
tippt Yasmeen an.
„Ich schätze, wir sind ein Team", sagt sie.

Später fragt Tippi:
„Wenn du zwischen mir und einem Typen wählen könntest,
wen würdest du nehmen?"

„Das ist nur eine Schulaufgabe", gebe ich zurück.
„*Das* weiß ich", erwidert Tippi
lachend,
und aus heiterem Himmel
knufft sie mir in den Arm.

Ewig leben oder zusammen sterben

Im Englischunterricht
liest Margot Glass
ein Gedicht vor, das sie geschrieben hat.
Es heißt „Liebe"
und handelt von einem Mädchen, das
so verknallt ist,
dass es sich nichts sehnlicher wünscht, als sich
hinzulegen
und mit ihrem Liebsten
zu sterben.

Unsere Klassenkameradinnen seufzen und klatschen
und bewundern Margots
Tiefgang,
die Leidenschaftlichkeit in ihrem Gedicht.

Und trotzdem.

Betrachten sie Tippi und mich,
unsere ewige Verbundenheit,
als läge ein Fluch auf uns.

Und als wir ihnen erzählen,
dass wir nicht getrennt sein wollen,
nicht morgens allein aufwachen
und den lieben, langen Tag
nach jemandem Ausschau halten wollen,
mit dem man ihn teilen kann,
nehmen sie an, dass irgendwas
mit uns
ganz und gar
nicht stimmt.

Und dennoch

Mit Jon zusammen zu sein
lässt mich
für ein paar kurze Augenblicke
darüber nachdenken,
wie es wohl sein würde,
sich von Tippi zu lösen,
nur für einen Moment,
damit er mich so sehen kann,
wie ich bin,
eine einzelne Seele
mit
eigenen Gedanken
und nicht nur jemand anderes
Anhang.

Gespalten

„Manchmal wünschte ich, ich könnte mich
mit deinen Augen sehen", sagt Jon.

Wir schütten violette Chemikalien in Reagenzgläser,
um sie in der Hitze einer Flamme verpuffen zu lassen.
„Wie sehe ich dich denn?", frage ich,
obwohl ich die Antwort schon weiß
und es ihm unbedingt sagen will.

„Wenn du mich anschaust,
siehst du etwas Ganzes", meint er.

Blitzschnell durchschneidet er mit der Hand
die blaue Flamme des Bunsenbrenners.

„Niemand ist ganz", erkläre ich ihm.
„Uns allen fehlen Teile."

Um Jons Augen bilden sich Lachfältchen –
aber sein Mund sieht noch nicht überzeugt aus.

„Plato hat behauptet, dass
wir alle einst mit jemand anderem verbunden waren",
sage ich.
„Wir waren alle Menschen mit vier Armen
und vier Beinen
und einem Kopf mit zwei Gesichtern,
aber wir waren so mächtig,
dass wir den Göttern gedroht haben, sie zu stürzen.
Also haben sie uns und unseren Seelenverwandten
genau in der Mitte durchgetrennt
und uns dazu verdammt,
auf ewig
ohne unser Gegenstück leben zu müssen."

„Ich liebe Plato", meint Jon
und dann:
„Also behauptest du, dass
du und Tippi die Glücklicheren seid?"

„Vielleicht", gebe ich zurück,
denn ich mag nicht zugeben,
dass mein Herz
gespalten ist,
seit ich ihn getroffen habe.

Kostspielig

Tante Anne hat ein Baby bekommen –
einen Jungen, der knapp dreieinhalb Kilo wiegt.
Ich bin mir sicher, meine Tante denkt:
Oh Gott,
wie um alles auf der Welt
soll ich je
all das Essen und die Kleidung und das College bezahlen?

Vor sechzehn Jahren ging es meinen Eltern ganz genauso,
nur dass sie
wussten,
sie würden niemals in der Lage sein,
alles, was wir brauchen, zu bezahlen
und würden
auf wohltätige Spenden
angewiesen sein,
wenn sie selbst je wieder etwas zu essen haben wollten.

„Babys sind jeden Cent wert",
erklärt Mum ihrer Schwester am Telefon,
während sie eine Rechnung von Dr. Murphy öffnet
und den Betrag
ganz am Ende prüft.

Aber ich bin mir da nicht so sicher.

Ich bin nicht sicher, wie viel
ein Leben wie unseres
der realen Welt wert ist,
vor allem
der Versicherung, die
jeden Tag
unseren Bedarf an so viel medizinischer Versorgung
infrage stellt.

Überflüssig

Mums Firma hat heute Morgen zehn Leute entlassen:
bim-bam-weg.

Gegen Mittag dachte Mum noch, sie hätte das Massaker überlebt
und ist zum Mittagessen gegangen,
hat sich ein Bratwurstbrötchen geholt
und einen riesigen Haferkeks –
ihr Lieblingsessen.

Als sie zurückkam,
hat Mr Black sie in sein Büro zitiert
und ihr die schlechte Nachricht überbracht.
Es ist nicht ihre Schuld,
dass sie sie nicht mehr brauchen,
bloß ein Zeichen der Zeit,
einfach nur Pech.

Dann
hat Steve vom Sicherheitsdienst sie zu ihrem Schreibtisch
begleitet
und ihr dabei zugesehen, wie sie ihre Sachen zusammenpackt,
als sei sie eine Kriminelle, die sich
mit dem betriebseigenen Tacker davonmachen will.
Sie hat sich von ihren Freundinnen verabschiedet,
den Frauen, von denen sie glaubte, sie seien ihre Freundinnen,

die aber jeden Blickkontakt vermieden, als sie
zum Fahrstuhl geführt wurde
und durch die Drehtür
des gläsernen Gebäudes
hinaus auf die Straße.

Jetzt liegt Mum im Bett und weint.

Niemand kann sie trösten.

Und schon bald
werden wir
ohne Zweifel
mittellos sein.

Feilschen

Ich kicke meinen Sneaker weg,

aber Tippi behält ihren an.

„Du weißt, dass er Schuhe im Wohnzimmer hasst", sage ich.
Ich kann nicht verhindern, dass meine Stimme schrill wird
und ich mich entsetzlich wie eine Lehrerin anhöre.

Tippi zieht mich aufs Sofa hinab.

„Und was wird er dagegen machen?", fragt sie
und legt ihren Fuß auf den Couchtisch.

„Keine Ahnung", gebe ich zurück.
„Er wird angepisst sein. Er wird. Er wird ..."
Ich halte inne,
beuge mich vor und schiebe ihren Fuß vom Tisch.

Tippi wendet sich mir zu.
„Er wird trinken, egal was wir tun, Grace.
Das musst du endlich mal kapieren.
Man kann mit ihm nicht feilschen."

Sie berührt die silberne Hasenpfote,
die mir um den Hals hängt.
„Hast du darüber noch nicht mit
deiner Psychotante gesprochen?"

„Ich hab keine Ahnung, über was zur Hölle
du redest", erwidere ich,
weiche zurück
und stopfe den Anhänger
in den Ausschnitt meines Shirts,
um ihn zu verbergen.

„Doch, hast du", sagt Tippi
und schwingt ihren Fuß erneut
mit Karacho
auf den Couchtisch.

Um zwei Uhr nachts

Eine Tür knallt. Töpfe scheppern.
Ein Radio übertönt mit
Mitternachtssymphonien
Flüche und Stöhnen.

Dad macht sich etwas zu essen,
jetzt wo der Rest
von uns im Bett ist
und zu schlafen versucht.

„Was ist nur los mit ihm?", denke ich laut.

Tippi schnaubt.
„Vielleicht hat er rausgefunden, dass ich
nicht die Schuhe ausgezogen habe."

Einschnitte

Es fängt damit an, dass wir nicht mehr ins Kino gehen,
keine neuen Klamotten bekommen oder
keine Restaurants mehr besuchen.
Es fängt mit ganz normalen Einschnitten an,
die keiner von uns allzu deutlich
merkt.

Aber
dann haben wir kein Geld mehr für Sprit und kein Geld mehr
für Fleisch
und kein Geld mehr für kleine Belohnungen
oder für unnötige Ausgaben
außer Gesundheitsvorsorge,
denn
Mum
will daran
nicht sparen.

Aufgaben

Grammie verkauft ein paar alte Ringe und
andere Sachen auf eBay,
um uns über Wasser zu halten.
Mum verbringt lange Tage damit, gegen Bezahlung zu bügeln,
sie unterbietet die Frauen aus der Wäscherei
und verdient so gut wie nichts daran.
An ein paar Abenden in der Woche
geht Dragon bei den Nachbarn
babysitten.
Jeder leistet seinen Beitrag,
nur Dad nicht.

Und wir.

„Wir müssen auch etwas dazutun",
sage ich zu Tippi.

„Und was schlägst du vor?", will sie wissen.

Ich streiche ihr den Pony aus der Stirn.
„Du weißt, wie wir
Tausende verdienen könnten,
ohne auch nur irgendwas aufzugeben", sage ich.

Tippi seufzt.
„Wenn wir ins Fernsehen gingen,
würden wir
unsere Würde
aufgeben, Grace", erwidert sie.
„Und das werde ich nicht zulassen."

Aber was bringt es, seinen Stolz zu bewahren,
wenn man dafür alles andere aufgibt?
Das würde ich gern mal wissen.

Auszeit

Dad hilft Mum dabei, ihren Lebenslauf zu aktualisieren und
sie lachen dabei laut,
sitzen Seite an Seite am Computer,
ihre Hände berühren sich.

Vielleicht bedeutet das,
dass sie sich wieder lieben.
Vielleicht ist die Tatsache, dass Mum ihren Job verloren hat,
ja auch ein Segen
und nicht der Fluch,
für den wir sie gehalten haben.

Aber dann
geht Mum aus dem Haus.

Sie ist bloß ein paar Stunden weg,
aber das reicht Dad,
um nach Schnaps zu suchen und
sich volllaufen zu lassen.

Tippi und ich verstecken uns in unserem Zimmer,
arbeiten uns durch Hausaufgaben und Arbeitsblätter für
bevorstehende Tests,

wünschen uns, Dragon wäre schon vom Ballett zurück,
damit wir eine Freundin hätten,
die uns dabei hilft, diesen Abend durchzustehen.

Aber nichts geschieht.

Wir schleichen uns in die Küche,
wo Mum Salat klein schneidet.

„Alles in Ordnung?", frage ich.

Mum schaut auf und schneidet sich
mit dem Messer in die Fingerkuppe.

Blut tropft auf den Tisch,
aber das scheint sie gar nicht zu bemerken.

„Ich mache griechischen Salat", sagt sie
und wir nicken.

„Ich hole den Feta",
sagt Tippi sanft.

Doch Mum schüttelt nur den Kopf.
„Für Feta hatte ich kein Geld",
gesteht sie
und steckt sich den Ringfinger in den Mund,
um das Blut aufzusaugen.

Unter Fremden

Mrs McEwan von oben steht vor unserer Tür,
ihren Sohn Harry
balanciert sie auf der Hüfte.
„Ist Dragon zu Hause?", fragt sie
und vermeidet es, eine von uns beiden direkt anzusehen.

Ich schüttle den Kopf.
Tippi sagt: „Sie ist beim Tanztraining."

Mrs McEwan seufzt.
„Oh, wie schade.
Na ja, wenn sie zurückkommt,
richtet ihr ihr bitte aus, dass ich da war?"

Ich nicke.
Und Tippi sagt: „Wir können auch auf Harry aufpassen,
wenn Sie wollen.
Liebend gerne."

Mrs McEwan schluckt schwer.
„Oh, nein. Nein.
Er ist immer irgendwie nervös unter Fremden."

Der Kleine grinst
und grapscht nach einer der Kreolen an meinem Ohr.
Mrs McEwan hält ihn zurück
und lacht angespannt.

„Bestellt Dragon, dass ich da war", murmelt sie
und hastet die Treppe hoch
zu ihrer Wohnung,
ihr kostbares
„verängstigtes"
Bündel
im Arm.

Leicht verdientes Geld

Wenn ich eine Pistole hätte, könnte ich eine Bank überfallen.

Ich könnte dem Kassierer eine Knarre vorhalten
und einen Haufen Bares verlangen
und dann in einem geklauten Maserati davonfahren.

Ich könnte Kindern an der Straßenecke Drogen verkaufen
oder wie ein Zuhälter Mädchen an den Meistbietenden
verscherbeln.

Ich könnte jedes Gesetz brechen, das ich wollte.

Wenn sie mich verhaften würden,
müssten sie Tippi mit einsperren,
was eine widerrechtliche Festnahme wäre,
illegal,
und damit würden sie nicht durchkommen
vor Gericht.

Wenn ich kein verdammtes Gewissen hätte,
wären wir reich.

Entschuldigungen

„Es tut mir leid", sagt Mum,
während sie uns auf dem Bett Platz nehmen lässt,
damit wir nicht davon stürmen,
bevor sie die Gelegenheit hatte auszureden.
„Wir ziehen um.
Wir können uns die Wohnung nicht mehr leisten
und die hohen Steuern hier in Hoboken.
Wir können noch nicht mal mehr
die gottverdammte Telefonrechnung bezahlen.
Es tut mir leid."

„Das ist doch nicht deine Schuld, Mum", antworte ich,
versuche, lieb zu sein,
versuche, ihr nicht die Schuld zu geben,
dass ihr gekündigt wurde,
oder dass sie uns
überhaupt zur Schule geschickt
und damit bewirkt hat, dass es uns dort gefällt.

„Es tut mir leid", wiederholt sie.
„Wir werden die Wohnung verkaufen und
etwas
Günstigeres in Vermont kaufen.
Ihr habt dort Cousinen und

ich bin sicher, der Staat
wird Mittel finden, um euch
auf eine andere tolle Schule zu schicken."

„Aber die wird nicht wie Hornbeacon sein",
meint Tippi,
unfähig, unsere Mutter zu trösten
oder sich geschlagen zu geben.
Aber dieses Mal kann ich es
ihr wirklich nicht verübeln, denn
sie hat recht.
Es wird nicht wie Hornbeacon sein.
Es wird nicht wie mit Jon und Yasmeen sein.

Dragons Kopf taucht im Türrahmen auf.
„Das ist ätzend", meint sie.
„Aber wir kriegen das schon hin."
Sie steht ganz krumm,
hat die Schultern hochgezogen
lässt den Kopf hängen,
sodass sie so gar nicht wie sie selbst aussieht
und erst recht nicht auch nur annähernd
überzeugt davon, was sie sagt.

„Du wirst auch deine Ballettschule aufgeben müssen", sage ich.
„Und vielleicht findest du in Vermont eine, die dir gefällt."

Dragon zuckt die Schultern.
Ihre Augen füllen sich mit Tränen.

„Damit komme ich schon zurecht", gibt sie zurück.
„Dann tanze ich eben auf den Skipisten."

Ich zwicke Tippi ins Knie und sie schaut mich an.
„*Nein*", sagt sie mit Nachdruck

und nach einer Pause:

„Vielleicht."

Schlussendlich

Während sie auf unsere Schuhspitzen starrt,
sagt Tippi: „Ruf die Reporterin an."
Ihre Stimme flattert
wie Wäsche, die auf einer Leine trocknet.

„Ruf sie an", wiederholt sie,
„und lass uns mit dieser beschissenen Freakshow anfangen."

Doppelmoral

„Seid ihr sicher?",
fragt Dragon.
„Ich meine, ihr würdet dafür bezahlt werden, dass euch
irgendwelche Idioten begaffen.
Ist das wirklich, was ihr wollt?"

Wunderschöne Menschen stolzieren Catwalks hinunter
in Kleidern aus Bindfaden,
räkeln sich halbnackt an Sandstränden
und es scheint niemandem etwas auszumachen,
dass sie das für Geld tun –
niemand empfindet das als
geschmacklos,
nicht im Entferntesten.

Aber wenn Tippi und ich erwägen, aus unserem Körper
Kapital
zu schlagen,
runzeln alle die Stirn.

Warum ist das so?

Mitte November

Caroline Henley

Sie nippt an dem Tee, den Mum ihr gemacht hat,
und plaudert über ganz alltägliche Dinge,
sodass man nie glauben würde, seit wie vielen Jahren
sie schon hinter uns her ist
– Anrufe, E-Mails, SMS –,
darum bettelt,
einen Blick hinter die Kulissen
unseres zusammengewachsenen Lebens
werfen zu dürfen,
damit sie eine Langzeit-Dokumentation über uns
machen kann.

„War das eine holprige Landung", erzählt sie,
hält sich an dem unverfänglichen Thema ihrer Anreise fest.
Ich habe noch nie eine Stimme gehört,
die so wahnsinnig Britisch und ausgewählt höflich klingt,
als ob sie direkt aus den 1940er-Jahren käme
und nicht gerade eben aus einem Flugzeug aus London
gestiegen ist.
„Beim Aufsetzen auf die Landebahn hat es so einen
Schlag getan,
dass ich dachte, die Räder würden
abspringen.
Und der Verkehr auf dem Highway.
Einfach nur furchtbar!"
Sie nippt noch mal am Tee.

„Das Hotel ist ganz reizend. Mit Blick auf den Fluss,
die Freiheitsstatue.
Ich war noch nie in New York.
Hier gibt es so viel zu sehen."

Mum bietet Caroline noch mal Kekse an.
„Wie viele Tage bleiben Sie?",
fragt sie.

Caroline hüstelt.
„Sie meinen, wie viele Monate?", erwidert sie.
Sie zaubert einen Vertrag
aus ihrer Handtasche hervor
und legt ihn auf den Beistelltisch
wie eine Lösegeldforderung.
„Ich verlange uneingeschränkten Zugang, rund um die Uhr.
Hier steht alles schwarz auf weiß drin für Sie,
zum Nachlesen und Unterzeichnen.
Ich habe einen Stift",
sagt sie
und zieht ganz selbstverständlich
einen hervor.

Ihr Blick ist auf einmal ganz fest und
strotzt nur so vor Ehrgeiz.
„Die Leute werden euch zu Hause sehen wollen,

in der Schule, beim Shoppen."
Sie bricht einen Keks in zwei Hälften
und steckt sich eines der beiden Stücke in den Mund.
„Ich bin so froh, hier zu sein."

Dad sitzt mit kerzengeradem Rücken da und
wippt mit dem Fuß.
Er hat versprochen, sich zu benehmen,
in der Zeit, in der Caroline unser Leben filmt,
aber das war, bevor wir wussten,
dass sie so lange bleiben würde.
Er schnappt sich den Vertrag,
überfliegt ihn mit blutunterlaufenen Augen.
„Wollen Sie auch sehen, wie sie pinkeln?", fragt er.
„Und was ist mit Duschen?
Die Leute könnten neugierig darauf sein."

Caroline kichert nicht wie der Rest von uns,
die wir versuchen, die Knitterfalten zu glätten,
die Dads schlechte Laune hinterlässt,
indem wir so tun,
als scherze er bloß.

Sie weiß, dass es ihm ernst ist.

„Das Badezimmer ist Sperrgebiet", gibt Caroline zurück.
„Aber ich werde sie sonst überallhin begleiten.
Und Sie werden *alle* im Film zu sehen sein.

Sie haben noch eine Tochter,
wenn ich mich nicht irre", sagt sie
und redet über Dragon,
als sei sie unser Hund
und nicht unsere Schwester.
Aber wir haben uns schon was überlegt,
wie wir Dragon
da raushalten können,
denn niemand wird ihr Leben
zu einer Farce machen.

Dad blättert im Vertrag,
Seiten über Seiten voller Paragrafen und
Haftungsausschlussklauseln,
die keiner von uns je ganz verstehen wird.
Mum ist schweigsam.
Sie will das alles nicht.
Sie hat uns immer
verborgen
und sicher verwahrt gehalten
und ich kann ihr ansehen, dass sie beschämt ist,
als ob sie das Gefühl hätte,
uns zu verkaufen.

„Und wann kriegen die beiden ihr Geld?", hakt Grammie nach.
Kein bisschen Etikette
weit und breit.

Carolines Augen fangen an zu glänzen.
„Sobald der Vertrag unterschrieben ist",
antwortet sie
und reicht allen außer Grammie
Plastikkulis,
die einer solchen Aufgabe
kaum gewachsen scheinen.

Wir unterschreiben.
Und wir geben den Vertrag zurück.

„Fünfzigtausend Dollar genau", sagt Caroline.
„Wie hättet ihr es denn gerne?
Als Scheck oder per Überweisung?"

Grammie haut es fast ihr Gebiss raus.

Dads Stirnfalte zieht sich wieder glatt.
„Scheck", meint er.
„Sie nehmen einen Scheck."

Vorworte

Caroline interviewt uns erst mal eine Ewigkeit
ohne Kamera:
Fragen über Fragen über Fragen,
die wir schon tausendmal
vorher gehört haben.

Wir könnten pampig werden,
gähnen oder so tun, als ob wir beleidigt wären,
aber das Geld ist noch nicht auf unserem Konto eingegangen.

Die Crew

Caroline kommt
mit zwei Männern
um die zwanzig zurück.
„Das ist Paul", sagt sie
und deutet auf einen Typen mit Basecap.
Dann dreht sie sich zu dem
mit dem roten Bart um und meint:
„Und das ist Shane.
Wir werden alle eine ganze Weile zusammen sein,
deswegen sollten wir versuchen, gut miteinander
auszukommen."

Ich warte einen Augenblick darauf,
dass Tippi etwas darauf sagt, aber das tut sie nicht.
„Na klar", sage ich.
„Ich bin sicher, wir werden super zurechtkommen."

Und als ich zu Tippi rüberschaue,
wird sie
puterrot.

„Dir gefällt der eine Kameramann",
sage ich später,
als wir wieder allein sind.

„Mach dich nicht *lächerlich*", antworte sie viel zu nachdrücklich, als dass ich falsch liegen könnte.

Liebesgrüße nach Moskau

Wir bezahlen Dragons Ballettreise nach Russland
und
sie fährt in einem Bus voll mit anderen Tänzern
zum Flughafen.

Wir winken und werfen ihr Kusshände zu,
während sie erst ihre Fingerspitzen gegen die Scheibe drückt
und dann ihre Lippen.

Sie hat
jedes Tutu und
jedes Paar Ballettschläppchen mitgenommen, die sie besitzt,
und dazu noch alle unsere Wollmützen und Handschuhe,
denn wir haben gelesen,
in Russland sei es bitterkalt
und der Schnee türme sich mancherorts
bergeweise auf.

„Vergiss nicht wiederzukommen", hat Tippi ihr
beim Zumachen ihres Koffers eingeschärft.

Dragon hat gelacht,
aber dabei keine von uns beiden angesehen,
denn wenn sie die Chance bekäme, in Russland zu bleiben
und auf ewig zu tanzen,
bin ich sicher,
dass sie genau das tun würde.

Und ich könnte ihr nicht mal einen Vorwurf machen.

Caroline ist nicht glücklich

„Eure Schwester sollte auch in der Reportage vorkommen.
So war das nicht vereinbart",
sagt Caroline.

„Dann steigen Sie doch aus", erklärt Tippi ihr,
„und wir geben Ihnen das Geld zurück."

Tippi setzt ein Pokerface auf
wie ein Profispieler
in Las Vegas.

Caroline kann da nicht mithalten.
„Okay, aber keine weiteren Überraschungen mehr."

Whiskey vor Mittag

Als Dad nach Hause kommt,
huscht er direkt den Flur hinunter
und versucht dadurch, den Kameras zu entgehen.
Aber Grammie hat ihre Bowlingtasche
mitten im Weg stehen lassen
und er landet
der Länge nach auf dem Fußboden wie eine
Witzfigur.

Caroline lacht.
„Jetzt sagen Sie nicht, Sie haben sich schon vor dem Mittag
Whiskey genehmigt",
meint sie.

Sie schaut in sein
schuldbewusstes Gesicht
und muss auch seine Fahne riechen können.
„Oh", sagt sie. „Oh, okay."
Und ihr Lächeln erstirbt.

Hinter der Schlafzimmertür

Nach fünf Stunden,
in denen Mum und Dad
hinter verschlossener Schlafzimmertür
reden,
sich anschreien
und weinen,
kommen sie zu einer
Einigung.

Familienrat

Wir versammeln uns am Küchentisch,
um die Neuigkeit zu erfahren:
Dad zieht aus.

Er kann einfach nicht nüchtern bleiben
und Mum wird nicht zulassen,
dass ihm die Welt beim Trinken zusieht.

„Ich komme zurück, wenn Caroline fertig ist",
sagt er,
als ob das die vernünftigste Lösung
und Caroline das Problem wäre.

„Wie wäre es, wenn du die Finger vom Alk lässt?",
schlägt Tippi vor.

Dad blinzelt und klammert sich an ein Kissen.
Wir warten und beobachten,
wie sein Gesicht
zu einem
Abbild
der Verzweiflung wird.
„Ich kann nicht", gibt er zu.
„Ich weiß nicht, wie."

Wir nicken.
Das ist das Wahrhaftigste,
was er seit Monaten gesagt hat.

Weg

Dad holt keinen
sperrigen schwarzen Koffer aus dem Keller
wie den, den Dragon für Russland gepackt hat,
einen Koffer mit Rollen und Namensschild
und dem Versprechen,
irgendwohin weit weg zu fahren,

irgendwohin, wo es weit besser ist.

Er schafft es, alles, was er mitnimmt
in einer roten Sporttasche unterzubringen.

Wenn man nicht wüsste, dass er auszieht,
würde man denken, er geht ins Fitnessstudio,
um sich auf dem Laufband zu verausgaben –
Kilometer um Kilometer zu rennen,
ohne irgendwo anzukommen,
bis er schließlich
verschwitzt und grinsend
nach Hause kommt.

Aber Dad *geht* irgendwohin.

Er verlässt uns,
um bei seinem Bruder in New Brunswick zu leben.

Vielleicht sollte ich weinen,
aber als Dad die Haustür
hinter sich zuzieht,
wollen einfach keine Tränen kommen –
bloß ein tiefes Aufatmen
und ein ganz warmes Gefühl von Erleichterung.

Am besten

„Euer Dad ist *auch* weg?", fragt Caroline.
Sie wirft die Hände in die Luft.
„Im Ernst?"

Wir zucken die Schultern.

Paul und Shane blinzeln.

Caroline
kratzt sich am Kopf.
Dann steckt sie die Hände in die Taschen.

„Na gut.
Das ist vermutlich auch am besten so."

Paul

Tippi lässt ihren Rucksack fallen
und Paul,
der Kameramann,
hebt ihn für sie auf.
Sie sieht ihn nicht an,
als sie sagt:
„Danke dir."

Gelächter

Auf der Hudson Street
tritt ein kleines Kind seine Mum und
spurtet davon.
Sie rennt kreischend hinterher.
Ich weiß nicht, warum, aber ich muss furchtbar lachen
und
es dauert nicht lange, bis Tippi auch kichert.

Pauls Kamera ist direkt auf uns gerichtet,
von der Linse reflektieren Sonnenstrahlen.

Caroline sagt:
„Ihr lacht viel. Das ist inspirierend.
Sogar in eurem Zustand nehmt ihr das Leben an."

Allerdings bin ich nicht sicher,
was ich sonst mit dem Leben machen sollte,
als es anzunehmen.

Sollte ich es ablehnen?

Tue ich nicht.
Stattdessen lache ich.

Und Caroline ist beflügelt.

Die Hiltons

Wir werden oft mit Daisy und Violet Hilton verglichen.
„Weil ihr auch so hübsch seid",
meint Caroline
und seufzt.

Aber Daisys und Violets Schönheit
hat ihnen nie etwas Gutes eingebracht,
lediglich ein paar schleimige Verehrer,
die herumgeschnüffelt und gehofft haben,
sie beide ins Bett zu bekommen
– zwei zum Preis von einer –
Heiratsanträge von der Sorte
„Lasst euch mal ohne Höschen anschauen".

Die beiden wurden 1908 geboren und wie Sklaven
an eine Hebamme namens Mary verkauft, die
sie rund um den Erdball auf Tour geschickt hat,
um die Zuschauermenge mit ihrem Gesang zu verblüffen
und ihrem Saxofonspiel,
ihrer Fröhlichkeit und ihrem Charme,
ihrer Behinderung zum Trotz.

Als sie in unserem Alter waren, gehörten Daisy und Violet
zu den
wohlhabendsten
Darstellerinnen ihrer Zeit

und vielleicht sollten wir von ihnen lernen,
unsere Waren dreister anzupreisen und
unsere Anomalien zur Schau zu stellen.
„Hereinspaziert, hereinspaziert,
kommen Sie und staunen Sie, wie das zweiköpfige Mädchen
Badminton spielt!"

Aber wie bei den meisten siamesischen Zwillingen bisher,
endete auch die Geschichte der Hiltons in einer Tragödie,
als die Öffentlichkeit das Interesse verlor
und sie mittellos dastanden.
Sieben lange Jahre haben sie noch
hinter einem Ladentresen gearbeitet
und sind dann Seite an Seite
an der Hongkong-Grippe gestorben.

Ein Nachbar hat sie gefunden
und sie wurden unter einem Grabstein begraben, auf dem steht
Geliebte Siamesische Zwillinge,
als ob es das Einzige wäre,
das sie waren
oder das irgendwem
je irgendetwas bedeutet hätte.

Beliebtheit

Jugendliche, die wir kaum kennen,
Jugendliche, die uns vom ersten Tag an gemieden haben,
werden plötzlich hellhörig,
als sie mitbekommen,
dass wir auch ein paar Szenen
für Carolines Dokumentation in der Schule drehen werden.
Einverständniserklärungen werden gefälscht
und alle in unserer Klasse
bieten sich
für Interviews an,
fordern lautstark, mit dabei sein zu dürfen –
ihre Chance, ins Fernsehen zu kommen
und der Welt zu zeigen,
wie aufgeschlossen und gutherzig sie doch sein können.

Aber Tippi und ich haben Caroline schon gesagt,
wer Sendezeit
bekommen soll,
wer Rampenlicht verdient,
und es ist keiner von denen, die
uns das ganze Halbjahr über
ignoriert haben.

Yasmeen und Jon
werden die Stars sein.

Kamera läuft

Caroline und die Crew
kommen überall mit hin,
die Kamera
läuft immer,
damit sie auch ja nichts
verpassen.

Ich bin es gewohnt, beobachtet zu werden
und bemerke quasi gar nicht mehr, dass sie
da sind, wenn ich morgens
herumtappe
und mich zurechtmache,
während Tippi und ich uns die Haare föhnen,
die Schuhe zubinden
und uns zum Frühstück Bagels mit Butter schnappen.

Manchmal machen wir
ganz gewöhnliche Sachen,
wie den Küchenfußboden wischen
und Caroline lässt ihre Kinnlade runterfallen,
um zu zeigen, wie faszinierend
wir sind.

„Wow!", sagt sie dann.
Und noch mal:
„Wow."

Ich finde es einfach nur lustig,
dass sie uns für so was bezahlt hat,
und dass
etwas derart Langweiliges
überhaupt
ins Fernsehen kommt.

Eine Postkarte

Es ist super hier.
Wir machen nichts als TANZEN!
Zwingt mich nicht, nach New Jersey zurückzukommen ...
Alles Liebe, Dragon
xxxxxxx

Ende November

Schnee

Das braune, gelbe und rote Laub des Herbstes
ist zu Staub zerfallen.

Der weiße Himmel öffnet sich
und lässt Schnee herabrieseln.

Es ist Winter.

Zusammenbruch

Wir trotten gerade über den Innenhof auf dem Weg
zur Französischstunde,
als Tippi
plötzlich zusammenbricht,
hart
auf dem Kies aufschlägt
und
ich falle genau auf sie drauf.

Caroline schnappt nach Luft
und Paul lässt die Kamera fallen,
die auf dem Boden zerschellt.

Ich warte ein paar Sekunden.

Ich warte,
dass sich Tippis Augen wieder öffnen –
dass sie Caroline davonscheucht mit einem lässigen
„Es geht mir gut.
Es geht mir gut."

Aber diese Worte bleiben aus.

Caroline packt mich an der Bluse.
„Ich finde ihren Puls nicht.
Warum kann ich nicht spüren, wie ihr verdammtes Herz
schlägt?"
und

„Herrgott noch mal, jetzt ruf' doch mal einer
einen Krankenwagen!"

Shane wählt den Notruf.

Hilfe kommt.

Im Fond eines Krankenwagens
rasen wir über den
Highway,
aus uns beiden ragen Kabel heraus
und im Hintergrund
fiept ein Alarm.

Mein Herz hämmert
und ich warte.

Ich warte darauf,
dass sich Tippis Augen öffnen.
Aber das tun sie nicht.

Denn diesmal

geht es uns
nicht gut.

Im Krankenhaus

Die Wände unseres Zimmers sind weiß und sauber –
keine Spur mehr von Kummer und Sorgen.

Die Lampen leuchten freundlich und über dem stummen,
sperrigen Fernseher in der Ecke
hängt ein Bild von einem Klatschmohnfeld.

Vielleicht soll das beruhigend wirken,
aber aus irgendeinem Grund
assoziiere ich damit
Krieg,
Teenager, die im Morgengrauen über eine Wiese laufen
und tot umfallen,
rotes Blut, das unter ihren Körpern hervorquillt.

Ganz in der Nähe kaut jemand auf einem Bonbon,
das harsche Geräusch hallt in dem kleinen Zimmer wider,
genau wie Tippis ruhiger Atem.

Ich möchte sprechen,
sagen, dass ich bereit bin, aufzustehen und nach Hause
zu fahren,
wenn sie es auch ist.

Aber ich bin so müde,
dass ich nicht sprechen kann.

Ich schließe die Augen
und die Dunkelheit umfängt mich erneut.

In der Dunkelheit

Ich erwache noch einmal.
Tippi schaut mich mit großen Augen an.
„Was passiert mit uns?", frage ich.

„Das finden wir schon heraus", erwidert sie
und hält mich fest.

Untersuchungen

Mum, Dad und Grammie dösen in
ihren Sesseln, als ein Krankenpfleger hereingeschlendert
kommt.
Seine Gummisohlen quietschen auf dem
Linoleum.

„Auf geht's, Mädels!",
sagt er
in einem fetten Jersey-Dialekt
und pfeift vor sich hin, während er
uns den Korridor hinunterschiebt,
als ob wir zur Pediküre unterwegs wären,
und nicht zu Tests gebracht würden,
bei denen Ärzte uns abtasten und untersuchen und
unsere Intimsphäre ignorieren.

Ich drücke uns mit beiden Händen die Daumen,

als ob das irgendwas an den Ergebnissen ändern könnte.

Der Besuch

Wir wurden
ins Rhode Island Kinderkrankenhaus verlegt,
fast zweihundert Meilen von zu Hause entfernt,
sodass uns Yasmeen und Jon
nicht besuchen kommen können.
Stattdessen simsen sie uns eine Million Mal am Tag
und schicken Bilder,
auf denen sie
in der Kirche
trinken, rauchen
und so tun, als würden sie sich gegenseitig umbringen.
Das bringt uns zum Lachen
und wir sehnen uns danach, wieder gesund zu werden.

Unser einziger Besuch,
abgesehen von Mum, Dad und Grammie
ist Caroline Henley,
die jeden Tag vorbeikommt
und uns heimlich Sachen mitbringt, die uns niemand sonst
zugesteht,
wie Chips und Limo.

Paul und Shane kommen nicht mit
und sie erwähnt nicht ein Mal
die Reportage
oder das viele Geld, das sie bezahlt hat,
um unser Leben ausspähen zu dürfen.

Ich wäre gern misstrauisch,
aber Caroline
macht sich,
wie es scheint,
wirklich etwas aus uns.

Anstand

„Das ergibt keinen Sinn", meint Tippi,
als Caroline unser Fenster öffnet,
um den Geruch von Frühstücksspeck herauszulassen.
„Sie haben eine Menge dafür bezahlt, jederzeit dabei sein
zu dürfen, und jetzt,
wo es aufregend wird,
wollen Sie nicht mal ein Interview.
Sie können nicht derart großmütig sein."

Caroline fischt ein Kleenex aus
ihrer Tasche und schnäuzt sich
ausgiebig.
„Ich bin nicht großmütig", gibt Caroline zurück.
„Aber ich *bin* ein Mensch."

„Ein sehr anständiger Mensch", antwortet Tippi ihr
und lächelt.

Ich

Mum bringt eine alte Scrabble-Schachtel
und ein Netz voll Clementinen mit.
„Wo ist Dad?", will ich wissen.

Mum deutet zum Fenster.
„Er parkt den Wagen", antwortet sie.
„Warum? Hast du gedacht, er wäre in einer Bar?"

Ich zucke die Schultern.

Mum schnaubt.
„Guter Gott, Gracie,
es ist wirklich an der Zeit,
dass du mal anfängst, dich auf
dich selbst zu konzentrieren."

Ergebnisse

Die Tür zu Dr. Derricks Sprechzimmer öffnet sich
und wir werden in einem
extrabreiten Rollstuhl hinein geschoben.

Ich umklammere Tippis Hand ganz fest und warte auf das
Urteil.

Aber Dr. Derrick macht es nicht einfach.

Er zeigt uns Ultraschallbilder und Diagramme
und redet
         und redet
                und redet,
in einem Wahnsinnstempo erklärt er
MRTs, Echokardiogramme,
Kontrastmitteluntersuchungen des Gastrointestinaltraktes
und all die anderen großen Untersuchungen,
denen wir uns in dieser Woche unterziehen mussten.

Ich höre nicht länger zu, sondern beobachte, wie draußen
in einem Baum ein Vogel
einen Ast entlanghüpft und
durchs Fenster zu uns
hereinspäht
wie ein echter Paparazzo.

Schließlich hebt Dad die Hand,
unterbricht Dr. Derrick jäh,
und sagt: „Und was *bedeutet* das alles
für meine Töchter?"

Dr. Derrick tippt im Takt der Wanduhr über ihm
mit den Zeigefingern gegeneinander,
und sagt:
„Insgesamt ist die Prognose nicht gut."

Wir schweigen.
Er fährt fort.

„Grace hat eine Kardiomyopathie entwickelt
und Tippi unterstützt sie,
unterstützt sie und ein stark vergrößertes Herz.
Wir können den Schaden nicht beheben.
Die einzige Maßnahme,
die wir langfristig ergreifen können,
ist das ganze Herz zu ersetzen.
Wenn wir das nicht tun,
wird Grace immer kränker werden,
sie beide,
bis ..."

Er starrt ein Diagramm an, als ob die furchtbaren Antworten
in dessen Kurven verborgen lägen.

„Ich muss eine Trennung empfehlen.
Wir könnten Grace medikamentös und
durch ein Kunstherz stabil halten, bis sie sich erholt hat.
Dann käme sie auf eine Transplantationsliste."

Ich weiß nicht, wie ich
alles, was Dr. Derrick sagt
auf einmal
im Kopf behalten soll.

Es ist so viel.
Es ist zu viel.
Es ist mehr, als ich mir je hätte vorstellen können.
Und es ist allein meine Schuld.
Allein die Schuld meines doofen Herzens.

„Eine Trennung in diesem Alter ist kompliziert und
sehr ungewöhnlich",
fährt Dr. Derrick fort.
„Sie ist mit massiven Risiken und Kosten verbunden,
vor allem für Grace,
aber wie es aussieht, ist das die einzige Option,
die uns
bleibt."

Er schiebt uns Papiere zu –

eine Schritt-für-Schritt-Anleitung, wie man
eine Lücke
zwischen
zwei Menschen schneidet,
bevor man
einem von ihnen das Herz herausreißt.

Mein Innerstes versteinert.
Mein Puls rast.
Mir schwirrt der Kopf.

„Nein. Ganz sicher nicht.
Wir nehmen es, wie es kommt", sagt Tippi.
„Sie können uns beide in Narkose legen
und ein neues Herz einsetzen.
Oder was auch immer Sie tun müssen.
Sie müssen uns vorher nicht trennen.
Sagen Sie nicht, dass Sie das müssen."

Dr. Derrick lässt sein Gesicht zu Stein erstarren.
„Grace kommt für eine Transplantation nicht infrage,
solange ihr zusammen seid.
Wir können nichts tun, um ihr zu helfen,
solange ihr immer noch miteinander verbunden seid.
Allein die Medikamente
würden deine Gesundheit zu sehr gefährden."

Er hält inne, um uns Zeit zu geben,
über die Tragweite des Gesagten nachzudenken,
uns mit unserem eigenen Tod zu beschäftigen,
und tippt wieder die Zeigefinger gegeneinander.

Wir alle starren Dr. Derrick sprachlos an, der genauso gut
auch Gott sein könnte.

Ich lasse Tippis Hand los
und setze mich gerade auf,
denn Dr. Derrick hat recht:
Ich bin das Problem,
ich und mein sterbendes Herz,
und seine Lösung ist passgenau.

„Wir sollten es riskieren", sage ich.
Und noch mal für uns beide: „Ja, lasst es uns so machen."

Mum wird kreidebleich.
„Vielleicht schlafen wir da besser noch eine Nacht drüber",
meint sie.

„Oder mehrere", fügt Dad hinzu.
„Ich meine, was ist anders?
Wie kann sich alles geändert haben?"

Dr. Derrick blinzelt.
„Als ich euch beide das letzte Mal gesehen habe,
ging es euch gut.
Kein Grund zur Beunruhigung.
Aber.
Ich vermute ...
Ich vermute, dass es an der Grippe liegt.
Eine Virusinfektion ist oft die Ursache für eine
Kardiomyopathie.
Es ist einfach nur großes Glück,
dass Grace' Herz so reagiert hat."

Schweigen sickert erneut in das Zimmer.
Der Vogel draußen
fliegt mit weit ausgestreckten Flügeln davon.

Dann ergreift Mum das Wort. Sie will die Statistik hören.
Sie verlangt, dass Dr. Derrick ihr
in harten, ungeschönten Zahlen vorrechnet, wie hoch
die Wahrscheinlichkeit
von jeder möglichen Komplikation ist,
die eintreten könnte.

„Ich glaube, es besteht eine Chance auf Erfolg",
ist alles, was er dazu sagen kann.

Und ich weiß, was das bedeutet.

Ich habe Berichte gelesen.

Ich habe alte Zeitungen gelesen.

Wenn siamesische Zwillinge getrennt werden,
gilt es als Erfolg,
solange einer von beiden lebt.

Eine Zeitlang.

Und das
ist für mich
das Traurigste,
was ich darüber weiß,
wie andere Leute uns sehen.

„Nennen Sie mir Zahlen", beharrt Mum.
„Ich will wissen, was passiert, wenn wir nichts unternehmen."

Dr. Derrick seufzt.
Er klappt die Akte auf seinem Schreibtisch zu
und beugt sich vor.
„Wenn wir es so lassen, wie es ist,
werden sie beide sterben."

Mum fängt an zu weinen.
Dad hält ihre Hand.

„Durch eine Trennung haben sie Hoffnung,
eine Chance zu kämpfen,
aber ich kann das nicht in einer Zahl ausdrücken.
Wenn ich es könnte, wäre sie niedrig.
Sie wäre sehr niedrig."

Mum wimmert
und auf einmal tut Dad das auch.

„Ich weiß, das sind keine guten Neuigkeiten.
Aber geht nach Hause.
Nehmt euch die Zeit, das alles zu überdenken.
Bis dahin, keine Schule. Nichts Anstrengendes.
Esst und schlaft ausreichend.
Und Finger weg von Alkohol und Zigaretten",
sagt Dr. Derrick.

Er lächelt plötzlich und dadurch klingt es so, als ob wir
eine Wahl hätten
und Jahre, um es uns zu überlegen,
aber ich weiß
tief in meinem Innersten,
dass wir die nicht haben.

Unsere Zeit
      läuft
            bereits
                 ab.

Kostenlos

Bevor wir Rhode Island verlassen,
unsere schmutzigen Klamotten
in durchsichtige Plastiktüten gestopft,
steckt Dr. Derrick
den Kopf in unser Zimmer und bittet darum,
noch einmal mit Mum und Dad sprechen zu können,
allein.

Als sie hinausgehen, sehen sie aschfahl aus,
doch als sie zurückkommen, wirken ihre Gesichter nur noch
halb so sorgenvoll.

„Das gesamte Team wird die Behandlung
kostenlos durchführen",
erklärt Mum uns,
„falls ihr euch dafür entscheiden solltet."

Tippi und ich haben unsere Familie
ein Vermögen gekostet,
aber die teuerste Behandlung von allen
würden sie umsonst machen.

Sie brauchen nicht
so zu tun, als geschehe das aus reiner Nächstenliebe:

Jeder weiß, dass
– egal, was mit uns passiert –
eine solche Operation die Ärzte berühmt machen würde,
und das ist ihnen viel mehr wert
als Dollars auf ihrem Konto.

Ein Elefant im Zimmer

Auf der Heimfahrt erzählt Dad grauenvolle Witze,
die wir schon kennen,
über die wir aber trotzdem lachen,
laut,
voller Angst vor dem, was wir besprechen müssten,
wenn er
aufhörte.

Es ist, als ob wir eine sorglose, heile Familie wären,
wie die, die man immer in den Werbespots für Waschpulver
sieht.
Es ist, als ob wir nicht im Krankenhaus gewesen wären,
sondern von einem Strandausflug zurückkämen
und alle von guter Stimmung umhüllt wären wie von
schimmernder Sonnenbräune.

Es ist, als hätten wir nicht verstanden, dass
wir beide nur noch ein Bein und eine halbe Hüfte
haben würden und
für den Rest unseres Lebens
an den Rollstuhl gefesselt wären,
wenn wir das machten.
Es ist, als ob niemand wüsste,
dass ich Tippi schleichend umbringe.

Mum deutet auf ein Fastfood-Restaurant. „Mittagessen?"

Normalerweise würde ich über das Wohlergehen der Tiere
klagen,
über Kühe, die in engen Ställen gehalten werden, wo sie
in ihrer eigenen Kacke stehen,
aber heute bin ich beschämt und still, während
Tippi sich die Lippen leckt und alle
Softeis-Geschmacksrichtungen
aufzählt.

Wir fahren durch den Drive-in-Schalter,
und essen eklig riechende Burger
und trinken dickflüssige Shakes im Auto,
während der Verkehr an uns vorbeidröhnt,
damit wir uns nicht kauen oder schlucken hören können
oder atmen.

Und sogar als wir heimkommen und Dad Kaffee macht
(als ob er hier noch wohnen würde),
tun wir so, als sei alles perfekt
und als sei der Elefant hier im Zimmer, der unsere Köpfe
niederdrückt,
nicht mehr als eine Maus, die viel mehr Angst vor uns hat,
als wir vor ihr.

Ein Herz, das für zwei schlägt

Wenn ich ein Einling wäre,
wäre ich jetzt vielleicht schon tot umgefallen.

Stattdessen
trägt meine Schwester die Bürde, mich am Leben zu halten,
den Großteil des Blutes durch unsere Körper zu pumpen.

Stattdessen
schmarotze ich.

Und sie
beklagt sich nicht darüber.

Ein Parasit

Sie zwingt mich, sie anzusehen,
hält mein Kinn zwischen ihren kalten Fingerspitzen.
„Uns geht es gut, so wie es ist", sagt sie.
Sie sagt: „ Wir sind dafür bestimmt, zusammen zu sein.
Wenn wir uns trennen, werden wir sterben."

Tippis Lippen sind trocken.
Ihr Gesicht ist grau.
Sie sieht aus, als habe sie
länger gelebt als
irgendjemand sonst, den ich kenne.

„Du glaubst, wir sind Partner, aber in Wahrheit
bin ich ein Parasit", flüstere ich.
„Ich will dir nicht
deine Lebenskraft aussaugen."

„Ach, komm schon, Grace", erwidert sie,
„dieses ganze *du* und *ich* ist doch eine Lüge.
Es hat immer nur ein *uns* gegeben.
Also
werde ich es nicht tun.
Und du kannst mich nicht *zwingen*,
mich operieren zu lassen."

„Aber ich bin ein Parasit", wiederhole ich
und in meinem Herzen sage ich es
wieder und wieder.
Parasit. Parasit. Parasit.
Alles, was ich jetzt noch will, ist Tippi retten.

Wenn ich es kann.

Dezember

Willkommen

Caroline Henley ist zurück.
„Macht es euch was aus?
Ich weiß, es ist eine schwierige Zeit",
sagt sie.

Ihrem Vertrag zum Trotz
hat sie mehr als zwei Wochen lang nicht versucht,
irgendwas zu filmen
oder ein Interview zu bekommen.

Sie hat bewiesen, dass sie keine Sensationsreporterin ist.
Sie hat bewiesen, dass sie
unsere Leben nicht nimmt und daraus
eine reißerische Story macht,
sondern sie behutsam behandelt
und ihren Film rund
um die Wahrheit
formt.

Und deswegen ist Caroline willkommen –
willkommen, uns zu filmen,
unsere Entscheidung,
und das, was
die letzten paar Monate
unseres Lebens
sein könnten.

Was ich Dr. Murphy erzähle

„Wissen Sie,
ich habe so
verdammt lange gebraucht, alle davon zu überzeugen,
dass ich ein Individuum bin,
dass Tippi meine Zwillingsschwester ist,
wir nicht ein und dieselbe Person sind,
dass ich mir nie Gedanken darüber gemacht habe,
wie es wäre, wenn
wir nicht zusammen wären,
dass
sie zu verlieren wäre,
als ob ich auf einem Scheiterhaufen läge
und darauf wartete, dass mich die Flammen verschlingen.

Sie ist kein Teil von mir.

Sie ist ganz ich
und ohne sie
würde da
eine Leerstelle in meiner Brust klaffen,
ein immer größer werdendes schwarzes Loch,
das durch
nichts anderes
gefüllt werden könnte.

Verstehen Sie?

Nichts auf der Welt kann diese Lücke füllen."

Dr. Murphy lehnt sich in ihrem Sessel zurück.
„Endlich öffnest du dich",
sagt sie.

Alles klar.
All die Jahre
hat sie mir
den Mist, den ich ihr erzählt habe, nicht abgekauft.

Nachholbedarf

Obwohl es Samstag ist
und Hornbeacon geschlossen
und Mum panische Angst davor hat,
uns aus den Augen zu lassen,
fährt Grammie uns nach Montclair, wo
Yasmeen und Jon am Schuleingang auf uns warten.

Yasmeen umklammert einen Stapel Papier,
hat die Stirn gerunzelt
und schaut uns finster an.
Ihre Haare sind nicht mehr kreischpink,
sondern tief dunkelblau
und ihr Pony hängt ihr in die Augen.

Jon steht hinter ihr,
kneift die Augen im Gegenlicht zusammen,
ein silbernes Kaugummipapier klebt an seinem Sneaker.

Vorsichtig strecken sie die Arme nach uns aus
und drücken uns dann fest.

„Ihr Loser habt noch eine Menge zu tun", meint Yasmeen.
„Ich hab keine Ahnung, wie ihr das alles aufholen wollt,
bis das Halbjahr rum ist."

Sie drückt Tippi ein dickes Bündel mit Zetteln
gegen die Brust.

„Wir werden noch eine ganze Zeit nicht zurückkommen.
Oder glaubst du, dass wir unsere letzten Tage damit verbringen,
das französische Konditional zu lernen?", fragt Tippi
und wirft die bunten Zettel in die Luft, sodass
sie
sich wie überdimensionales Konfetti
über den Schulhof verteilen.

„Dass du immer so theatralisch sein musst", stöhnt Yasmeen
und verdreht ihre halb verdeckten Augen.
„Und was macht ihr stattdessen?
Habt ihr wenigstens eine Löffelliste?"

Hinter uns räuspert Caroline sich.
„Wir zeichnen auf", warnt sie uns.

„Wen juckt's?", meint Tippi
und dann humpeln wir in Richtung der Kirche davon.

Löffellisten

Auf einem Baumstumpf
schreiben Tippi und ich unsere Listen,
die Schultern voneinander weggedreht,
schirmen wir unsere Worte mit den Händen voreinander ab.
Aber mir fällt nicht viel ein:
Jane Eyre lesen
den Sonnenaufgang beobachten
auf einen Baum klettern
einen Jungen küssen – in echt

Tippi schaut mir über die Schulter.
„Ich habe gehört, *Jane Eyre* soll total langweilig sein",
sagt sie,
dann reicht sie mir ihre Liste.
Das hat sie geschrieben:
aufhören, so eine Zicke zu sein

„Das wird aber eine ganze Weile brauchen",
erkläre ich ihr.

„Genau wie dein Punkt vier", erwidert sie.

Leicht

Yasmeen fährt mit einem abgekauten Fingernagel
an meiner Liste hinunter.
„Uff!", macht sie.
„Hättest du nicht wenigstens auch was Cooles
draufschreiben können, wie
nackt über die Schulkorridore zu rennen
oder von kleinwüchsigen Zirkusclowns ausgepeitscht
zu werden?"

„Das hat sie beides schon gemacht",
erwidert Tippi
und ich lache sehr, sehr laut
und hoffe, dass Jon sich meine Liste nicht anschauen wird
und dass er es tut.

„Du bist noch nie auf einen Baum geklettert?",
fragt Yasmeen
und fügt dann hastig hinzu:
„Jon, du musst Grace küssen."
Sie drückt ihm meine Liste in die Hand
wie eine Gerichtsvorladung.
„Und ihr dieses blöde Buch leihen."

„Er muss gar nichts", murmle ich.

Jon lässt den Blick über den Zettel schweifen
und drückt seine Zigarette aus.
Er beißt sich auf die Unterlippe.
„Ich hab noch eine alte Ausgabe von *Jane Eyre*,
die kannst du behalten.
Ich bring sie dir vorbei", sagt er.

„Ach, Herrgott noch mal, ein Kuss ist bloß ein Kuss",
meint Yasmeen.

Aber sie liegt falsch:
Ein Kuss von Jon
wäre

alles.

Alptraum

In der öffentlichen Bibliothek am Church Square Park,
wo Tippi und ich uns immer kostenlose Filme ausleihen,
schmollt und seufzt
ein Mädchen mit einem iPhone.
„Mein Handy hat keinen Empfang mehr. Und ich komm' nicht
ins WLAN.
Was für ein *Alptraum*“,
klagt sie ihrer Freundin
und wedelt mit dem Handy herum
in der Hoffnung, irgendwo ein verirrtes
Funksignal aus der Luft einzufangen.

Ist es nicht seltsam, worum sich die Leute einen Kopf machen,
wenn in ihrem Leben alles
glattläuft?

Ich stehle mich davon

Shane hat Grippe
und will es nicht riskieren,
auch nur in unsere Nähe zu kommen,
deshalb ist Paul der Einzige,
der uns begleitet,
wenn Caroline damit beschäftigt ist,
Anrufe zu machen
oder Interviews zu arrangieren.

Wann immer ich kann,
mache ich mich unsichtbar.

Ich stöpsle mir meine Kopfhörer rein
und
stehle mich davon.

Ich versuche
so gut ich kann,
Tippi ein bisschen
Zeit
mit ihm
zu geben.

„Ich weiß, was du machst",
sagt sie.

„Aber das ist nicht wie mit dir und Jon.
Es ist nichts."

„Aber es könnte etwas sein",
sage ich.

„Schau mich an, Grace", erwidert Tippi.
„Glaubst du wirklich, er könnte sich je
für eine
Brünette
interessieren?"

Sie lacht.
Und ich auch.

Ein Ersatz

Tante Anne bringt Beau, unseren jüngsten Cousin,
zu einem Besuch mit.
Er sabbert und heult die ganze Zeit,
aber trotzdem streiten wir uns darum, wer ihn halten,
wer seine Windeln wechseln
und ihm die Flasche geben darf.

Tante Anne gähnt und meint:
„Alle fragen mich, wann ich das nächste bekomme.
Aber ich bin so müde."

Mum kichert und streicht ihr sanft über den Rücken.
„Das gibt sich schon. Sie fangen so schnell an, die Nacht
durchzuschlafen."

Tante Anne macht die Augen zu.
„Meine Freundin hat mir geraten,
noch ein Kind zu bekommen,
für den Fall, dass Beau mal etwas zustößt.
Das mag ich mir nicht einmal vorstellen."

Mums Hände erstarren.

Baby Beau quengelt, spürt, dass wir mit unseren Gedanken woanders sind.

„Der Schmerz, ein Kind zu verlieren,
würde nicht vergehen, nur weil du noch eins hast",
sagt Mum.

„Du kannst nicht eins durchs andere ersetzen."

Film

Caroline lässt die Kameras jeden Abend in unserem Zimmer,
damit sie sie nicht
jeden Tag
aus New York herschleppen muss.
Sie stehen auf unserem Schreibtisch und wir schenken ihnen
überhaupt keine
Beachtung,
bis
mir wieder einfällt, dass die Crew
jeden
gefilmt hat.

Ich schiebe einen winzigen grünen Knopf zur Seite
und schaue.
Wir schauen.
Und wir sehen
Mums und Dads zerknitterte Gesichter,
als Caroline sie fragt:
„Finden Sie, Tippi und Grace
sollten getrennt werden?"

Dad starrt auf seine Knie.

„Ich möchte, dass sie am Leben bleiben", erklärt Mum.
„Eltern sollten nie ein Kind beerdigen müssen,
und zwei schon gleich gar nicht.
Aber die Entscheidung liegt bei ihnen.
Sie liegt bei ihnen."

Wir sehen zu,
wie Mum in die Kamera weint
und Caroline bittet, sie abzuschalten,
und dann starren wir uns gegenseitig an
und denken exakt dasselbe.

Hier geht es nicht nur um uns.

Kein Probelauf

Im Englischunterricht werden wir dazu angehalten,
Entwürfe zu verfassen und sie zu überarbeiten,
bis unsere Worte so klar sind
wie gefiltertes Wasser.
In Mathe hat man uns ermahnt,
unsere Lösungswege zu überprüfen,
sicherzugehen, dass das Endergebnis
korrekt ist.
Und in Musik haben wir
die Lieder hundertmal geprobt,
haben eine Unmenge von Harmonien ausprobiert,
bevor Mr Hunt zufrieden war.

Aber wenn es drauf ankommt,
wenn es um Leben und Tod geht,
wir zum Beispiel darüber entscheiden müssen, uns
auseinanderschneiden zu lassen oder nicht,
haben wir keine Möglichkeit, den Kurs, den wir einschlagen,
zu korrigieren,
haben
keine Wahl
und nur
einen Versuch,
es hinzubekommen.

Offensichtlich

Wir treffen Dr. Derrick, um ihm unsere Entscheidung
mitzuteilen,
und er schweigt einige Augenblicke,
mit versteinertem Gesicht.
Nichts von der Begeisterung, die wir erwartet hatten, sickert
durch,
er ergeht sich nicht in den damit verbundenen Risiken
und ich frage mich, ob wir ihn unterschätzt haben.
„Ich bringe die Planung sofort auf den Weg", meint er.
„Das ist eine große Sache und wird nicht
über Nacht
stattfinden.
Aber wir dürfen auch nicht zu lange warten."
Er schaut mich direkt an.
„Offensichtlich dürfen wir nicht zu lange warten."

Der Anruf

Yasmeen ruft uns nach Mitternacht an.
„Ihr könnt euch entspannen.
Jon und ich haben alles ausgetüftelt.
In den Winterferien machen wir zusammen einen Roadtrip.
Mein Onkel hat ein Haus in Montauk.
Das wird super."

Tippi und ich grinsen.

„Wir sind dabei", sagen wir im Chor.

Ob es Mum gefällt oder nicht

Mum ist absolut
hundert Prozent
dagegen, uns auch nur irgendwo in die Nähe von
Long Island fahren zu lassen.
„Glaubt ihr wirklich, ich lasse euch kreuz und quer
durchs Land fahren,
wenn eure Herzen jeden Augenblick mit quietschenden Reifen
zum Stehen kommen könnten,
und ohne jede Aufsicht durch Erwachsene?
Kennt ihr mich eigentlich gar nicht? Hm?",
will Mum wissen.
Sie kneift die Lippen zusammen.

Aber Tippis Lippen sind noch dünner.
„Ich weiß, du machst dir Sorgen. Das tut uns leid.
Aber das hier ist keine Bitte.
Wir fahren, ob es dir passt oder nicht", sagt Tippi.
„Wir fahren mit unseren Freunden nach Long Island
und es gibt absolut rein gar nichts, das uns irgendwie davon
abbringen könnte."

Road Trip

Mum hört nicht auf, das Internet zu checken,
die Seiten
wieder und wieder
zu aktualisieren und
nach Meldungen
über schlechtes Wetter oder
Unfälle in Long Island zu durchsuchen,
nach irgendwas, das uns
daran hindern könnte zu fahren.
Sie kramt alle paar Minuten in ihrer Handtasche und holt
Dinge daraus hervor
wie Kleenex oder Hustenbonbons,
die „auf der Reise nützlich sein könnten".
Sie tigert im Zimmer herum.
Sie schaut auf die Uhr.
Sie aktualisiert das Internet noch mal.

Dad ist übers Wochenende zu Besuch.
Er kocht Risotto,
lässt den Topf nicht aus den Augen und rührt darin
ohne Unterlass.
„Versuch, dich nicht verrückt zu machen", sagt er zu Mum
und hinter seinem Rücken verdreht sie die Augen,
als ob sie sagen wollte:
Was weißt du schon?

Wie es scheint, hat er seit zehn Tagen
keinen Drink mehr angerührt,
behauptet, er ginge zu den Treffen einer Selbsthilfegruppe,
doch während Tippi und ich da unsere Zweifel haben,
sehen wir, wie Mum ein klein wenig in seiner Normalität
schwelgt,
über seine Scherze grinst und
seine verkochten Mahlzeiten genießt.

„Ich finde es übrigens sehr unfair,
Caroline nicht auch mitzunehmen",
sagt Mum.
„Eine Abmachung ist eine Abmachung.
Was für ein Film wird das denn, ohne Aufnahmen
von der Reise?"

Caroline blättert durch ein altes Fotoalbum,
sucht Bilder heraus, die sie mitnehmen und einscannen will.
„Das passt mir eigentlich ganz gut", meint sie.
„Paul hat ein paar Tage freigenommen,
um seinen Bruder in Boston zu besuchen,
und der arme Shane hat immer noch
die Grippe."

„Cool",
sage ich
und versuche,
es Shane

oder den Millionen anderer Menschen nicht übel zu nehmen,
deren Herzen nicht gleich absterben,
nur weil sie einen kleinen Virus haben.

Die Hupe eines Autos ertönt
und Dad schleppt unsere Reisetasche zum Straßenrand, wo Jon
sie in den Kofferraum hievt.
Wir schnallen uns auf dem Rücksitz an
und winken Mum,
die unseren Platz am Erkerfenster eingenommen hat,
wo sie ganz sicher noch stehen wird, wenn wir zurückkommen.

Dad geht zurück ins Haus.
Jon springt auf den Fahrersitz und schaut uns
durch den Rückspiegel an. „Habt ihr Alk dabei?", fragt er.

Ich krame in unserer Tasche und Jon beugt sich über
die Rückenlehne, um
die Ausbeute an Bier und Wein und Wodka zu inspizieren,
die wir aus Dads stiller Reserve
in der Küche geklaut haben.

„Ihr seid die Besten", sagt er. „Und jetzt lasst uns hier abhauen."

Boxenstopp

Wir sind erst seit einer Stunde unterwegs,
da verkündet Yasmeen,
dass sie Hunger hat,
dass sie zu Burger King
oder irgendwas ähnlich Ekligem will,
damit sie wach bleibt, während wir lächerliche drei Stunden
ostwärts fahren.
Jon hält bei einer Tankstelle an
und Yasmeen springt raus.

Jon macht das Radio lauter und schnappt sich eine Flasche Bier
aus unserer Tasche,
macht sie auf.
„Kommt ihr nicht mit?", fragt Yasmeen.
„Habt ihr nicht auch voll Bock auf einen Burger?"

Tippi öffnet die Tür auf ihrer Seite und fängt an, an mir zu
zerren.

Aber ich will nirgendwohin.
Ich will hier im Auto sitzen bleiben mit Jon,
mir ein Bier mit ihm teilen, das ich nicht trinken sollte,
und Radio hören.

„Komm schon", fordert Tippi. „Burger!"

Ich mache mich steif.

„Was ist los mit dir?“, will Tippi wissen.

„Nichts“, sage ich.

„Dann komm endlich“, wiederholt sie.
„Und du auch, Jon.“

Er schüttelt den Kopf.
„Mir reichen Bier und Rockmusik.
Aber bringt auf jeden Fall ein paar Colas mit für den Wodka,
nachdem ihr euer köstliches
brasilianisches Regenwaldrind gegessen habt.“

Yasmeen zeigt ihm den Stinkefinger
und nimmt Tippi bei der Hand.
„Trink ja nicht mehr als eins“, ermahnt sie Jon
und auf einmal ist mein Körper
draußen auf dem Parkplatz,
wartet auf einen Tisch,
isst Pommes
und bezahlt die Rechnung.

Ich mache alle Bewegungen mit,
die man im Restaurant so macht,
zusammen mit Tippi und Yasmeen,
aber die ganze Zeit
bin ich in Gedanken bei Jon –
seinem Hinterkopf,
den Konturen seines Halses,
seinem Duft,
seiner Stimme.

Einfach allem an ihm.

Die Scheune

Die Bibliothek ist vollgestopft mit alten Ausgaben
von Kunstzeitschriften
und Büchern, die schon so vergilbt und vertrocknet sind,
dass sie aussehen,
als würden sie in der Mitte durchbrechen, wenn man
versuchte, sie zu lesen.
Im Badezimmer gibt es kein Licht
und aus den Ecken der Dusche
kriecht der Schimmel über die Wände.
Der Küchenfußboden ist gesprenkelt von
winzigen braunen Mäusekötteln
und toten Käfern.

Oben
stellen Jon und Yasmeen
die Möbel um,
zerren ein Doppelbett mit
einer durchgelegenen Matratze in das größte Zimmer, damit sie
zwei Betten
an der Wand zusammenschieben können,
um daraus ein großes
für vier zu machen.
Das Fenster voller Spinnweben wischt Yasmeen mit
dem Ärmel ihres Mantels sauber.
Jon fegt den Boden.

Ich stöpsle einen Heizkörper ein und wir stellen uns alle
drumherum,
mit roten Nasen
und den Händen unter den Achseln.

Das hier ist nicht wie die anderen Ferienhäuser,
die wir auf der Fahrt durch die Hamptons gesehen haben,
milchweiße Herrenhäuser mit Säulengängen und
kristallblauen Springbrunnen,
aber für ganze drei Tage gehört es uns allein,
deswegen mache ich mir über die Käfer,
die abblätternde Farbe und
die verrosteten Rohrleitungen gar keine Gedanken.

Im Bett

Tippi bekommt Yasmeens Schulter zum Ankuscheln.
Ich liege neben Jon.

Bei Kerzenschein liest er uns laut aus *Ulysses* vor,
Worte mit einer eigenen Melodie,
manche unkenntliche Juwelen, die in der Dunkelheit glitzern.
„*Schmerz, der noch kein Schmerz der Liebe war,*
fraß an seinem Herz", liest er vor,
doch als er bemerkt, dass sowohl Tippis als auch
Yasmeens Augen geschlossen sind,
hört er auf und klappt das Buch zu.

Ich lege meine Hand auf seine.
Halte seinen Blick mit meinem fest.
„Lies weiter", bitte ich ihn
und er tut es.

Bis tief in die Nacht
sind wir beiden allein,
nur die Stimme von James Joyce zwischen uns.
„Du liest wundervoll vor", sage ich ihm.

„Und morgen Abend bist du dran",
erwidert er.

Das Buch wird mit einem sanften Klappen zugeschlagen.
Die Kerze wird ausgepustet.
Jon kuschelt seinen Körper an meinen,
sodass ich seinen Atem auf der Wange spüren kann.

„Gute Nacht", wispert er
und in Minutenschnelle schläft er
neben mir ein.

Die Fahrt zum Leuchtturm

Triefäugig und steif von der Kälte
wachen wir im Dunkeln auf und
gehen strumpfsockig hinunter,
um einen ganzen
Turm von Pfannkuchen
zu backen,
den wir mit
so viel Ahornsirup
verputzen,
dass mir die Zähne schmerzen.

Fischer in Wathosen stehen auf den Felsen,
eingehüllt vom Atlantischen Ozean –
er schwappt gegen ihre Konturen wie
wütendes, zischendes Sodawasser.
Und als sie gehen,
ihre Eimer voll mit essbaren Seeungeheuern davontragen,
durchbricht ein einzelner Sonnenstrahl den Morgen.

Der Himmel errötet, lässt seine Nachtschwärze ziehen.
Der Saum des Horizontes wird rosa.

„Sonnenaufgang", sagt Tippi.
„Der bringt mich immer dazu, an Gott glauben zu wollen."

„Mich auch", gesteht Yasmeen ihr.

Sonst sagt keiner mehr ein Wort,
bis die Sonne zu einer orangefarbenen Kugel geworden ist
und unsere Hintern taub sind
vom langen Sitzen.

Nacktbaden

Nacktbaden steht nicht auf unseren Löffellisten,
aber Yasmeen behauptet, es stünde auf ihrer,
und deshalb machen wir es.
Nicht in der rauen See,
wo die Brandung so hoch schlägt und droht,
jeden in ihre Gewalt zu bringen, der dumm genug ist,
sich hineinzuwagen,
sondern im Pool einer Nachbarin.
„Der ist beheizbar, deswegen lässt sie das Wasser
sogar im Winter drin",
erklärt Yasmeen uns.
„Aber sie ist nur am Wochenende da.
Also haben wir den ganzen Tag Zeit."

Wir schleichen uns an der Seite des mit Zedernholz
verkleideten Hauses vorbei
und rollen die Plastikabdeckung des Pools auf.
Laub treibt auf der Wasseroberfläche
wie Kräuter in einer klaren Suppe.
Und noch bevor Jon die Blätter mit einem Kescher
abfischen kann,
hat sich Yasmeen schon bis auf ihren violetten BH und ihr
pinkes Höschen ausgezogen,
prüft mit den Zehen die Wassertemperatur.
Auf einmal hat sie auch die Unterwäsche ausgezogen
und
stürzt sich
wie ein Adler

am tiefen Ende hinein und kommt quiekend
und blau gefroren wieder hoch.

Jon ist als Nächster dran, Hemd und Hose auszuziehen.
Ich schaue weg
und drehe mich erst wieder um, als ich höre, wie sein Körper
ins Wasser klatscht
und die Flüche nur so aus ihm herausprudeln
wie dringliche Gebete.

„Was meinst du?", frage ich Tippi.
Niemand außer den Ärzten und unseren Eltern hat uns je
unbekleidet gesehen
und ich habe eine Scheißangst davor,
wie ich in den Augen anderer aussehen muss,
wie angewidert
jemand anderes
wohl wäre,
wenn er uns
splitterfasernackt
sehen würde.

„Was wäre das Schlimmste, das passieren könnte?", frage ich
und muss plötzlich an unsere Gesundheit denken,
an unsere Herzen.

Dann lasse ich meinen Mantel fallen.

Nackt
springen wir mit den Füßen voran in das Becken
und fuchteln mit den Armen, als die scharfe Kälte wie Nadeln
auf
unsere Haut einsticht.

Jon jubelt und kommt näher heran geschwommen.
„Erfrischend, was?", sagt er.

Und gerade als wir wieder hinaus wollen,
kreischt Yasmeen und zeigt auf das Haus,
wo ein Gesicht an der Fensterscheibe klebt,
mit kreisrundem Mund.

„Raus hier!", schreit Yasmeen.

Unbeholfen klettern wir aus dem Pool,
schnappen uns unsere Sachen und hüllen uns so gut es geht
in unsere Mäntel,
bevor wir über den Rasen
und
die Straße hinunter zu unserem Haus davontrotten.

„Ihr Gesichtsausdruck war unbezahlbar!", quiekt Yasmeen,
während sie das Scheunentor aufschiebt.

Eine Maus huscht unter den Ofen
und niemand schlägt vor, eine Falle aufzustellen,
um sie zu töten.
Wir machen bloß den Kühlschrank auf
und nehmen uns vier Flaschen Bier.

Keine mehr

Mum schickt eine SMS.
Habt ihr Spaß?

Sie schickt noch eine.
Lebt ihr noch?

Und noch eine.
Ich mache mir Sorgen.

Und schließlich.
Ich ruf die Polizei.

Also simse ich zurück und warne sie, keine
SMS mehr zu schicken.

Nummer vier

Jon und ich sind wieder die Letzten, die noch wach sind.

Nachdem wir eine Stunde lang gelesen haben,
starrt er hinauf zur Decke und sagt:
„Ich fühle mich scheiße wegen dem, was passiert ist,
als du mir deine Löffelliste gezeigt hast."

Ich tue so, als wüsste ich nicht, was er meint.
„Ich habe *Jane Eyre* ausgelesen.
Und ich liebe Mr Rochester.
Ich glaube, das ist es, was Tippi und ich auch brauchen.
Blinde Männer, die alles verloren haben."

Ich versuche zu lachen,
aber das Lachen bleibt mir im Hals stecken.

Jon setzt sich auf
und zündet eine Zigarette an.

„Grace ...
... die Sache ist die ..."

Ich unterbreche ihn.

„Ich versteh's.
Ich versteh's wirklich.
Ich weiß, wie ich aussehe
und was das für mein Leben bedeutet."

Ich berühre die Stelle, an der Tippi und ich
zusammengewachsen sind,
wo die Ärzte Gewebeexpander einsetzen wollen,
die uns aussehen lassen werden,
als seien unsere Körper mit Maulwurfshügeln übersät.

„Ich kann nicht erklären, was ich fühle", sagt er.
„Ich habe all diese Bücher gelesen,
so viele Worte,
aber ich selbst habe keine.
Ich weiß nicht, was in meinem Innersten
vor sich geht.
Ich krieg's einfach nicht raus."

Er drückt die Zigarette auf einem benutzen Teller aus,
schiebt sich einen Kaugummi in den Mund und
macht das Licht aus.

Er rutscht zu mir herunter
und lehnt seine Stirn an meine.

„Ach, Grace", sagt er
und umschließt mein Gesicht mit seinen Händen.

„Jon", flüstere ich
und
dann
sind seine Lippen auf meinen,
seine Zunge, die nach Melonenkaugummi schmeckt,
fährt zwischen meine Lippen und öffnet sie
und wir küssen uns – der Atem schwer,
und küssen uns – das Herz leicht,
und küssen und küssen uns
und alles, was ich tun kann, nachdem wir aufgehört haben,
ist tief einzuatmen
und zu sagen:
„Ich weiß auch nicht, was in mir vor sich geht."

Wassermelone

Ich wache auf und kann immer noch
seinen Wassermelonenatem
schmecken.

Nachdem ich die Zähne geputzt habe, ist das Aroma fast weg,
also bitte ich Jon um einen Kaugummi
und verbringe den ganzen Tag
mit dem Geschmack
seines Kusses
in meinem Mund.

Irrer

„Er hat mich letzte Nacht geküsst", flüstere ich Tippi zu,
als wir allein sind.

Sie schaut mich von der Seite an,
als ob ich ihr ein gammliges Thunfischsandwich
angeboten hätte.
„Wenn Jon sich wirklich für dich interessieren sollte,
ist er ein Irrer.
Das schnallst du, oder?"

Ich schaue auf unsere gemeinsamen Beine hinab.
„Ich dachte, du wolltest versuchen,
nicht immer so eine Zicke zu sein", sage ich.

Sie grinst.
„Tu ich doch."

Pläne

Yasmeen leckt die Spitze ihres Bleistifts an, sucht eine
neue Seite
in ihrem Notizbuch
und wartet darauf, dass Tippi und ich ihr Anweisungen
für unsere Beerdigung geben,
für jede einzeln und auch für eine gemeinsame,
nur für den Fall.

Jon ist zum Laden gegangen, um was zu Knabbern zu holen.
Er will hiervon nichts hören.
Sagt, er erträgt das nicht.

Yasmeen ist die Einzige, die bereit ist, uns
zuzuhören
und
zu versprechen, unsere Wünsche in die Tat umzusetzen,
ohne uns der
Morbidität anzuklagen
oder sich die Augen auszuweinen bei dem Gedanken, dass wir
nicht mehr da wären.
Sie ist die Einzige, die – wie wir –
mit dem Gedanken ans Sterben leben muss, seit
sie geboren wurde.
Sie flippt deswegen nicht aus.
Nicht allzu sehr
zumindest.

„Musik?", hakt Yasmeen nach und ohne zu Zögern
sagt Tippi zu ihr:
„Viel von Dolly Parton für mich.
I Will Always Love You
ist gut.
Und *Home* mag ich auch."

„Hör mal, ich liebe Dolly so sehr wie jeder andere auch,
aber bist du sicher, dass du sie bei deiner Beerdigung willst?",
fragt Yasmeen.
Mit den Händen formt sie Dollys
Kurven in der Luft nach.

„Wenn die Leute an Dollys Titten denken,
werden sie nicht
an meine denken", meint Tippi.

„Und keine Kirchenlieder", füge ich hinzu.
„Ich will nichts Heiliges.
Gott ist zu unserem Begräbnis nicht eingeladen."

Yasmeen nickt und notiert sich etwas auf ihrem Zettel.
„Dann lieber was Satanisches? Kein. Pro. Blem."

Wir stopfen uns Cashewnüsse in den Mund
und Yasmeen macht gut gelaunt weiter.
„Särge. Zusammen oder getrennt?"

„Zusammen", sagen wir zeitgleich, ohne dass wir uns beraten
müssten,
denn was sonst würde Sinn ergeben?

„Außer natürlich eine von uns überlebt, in diesem Fall
würden wir uns für getrennte entscheiden", sagt Tippi
und lacht, allerdings nur wenig überzeugend.

Und wir machen weiter.

Wir planen die Trauerfeiern und Beisetzungen komplett durch
und als wir fertig sind,
scrollt Yasmeen durch ihr Smartphone, bis sie einen Titel von
Dolly Parton findet,
und wir singen alle mit,
während Yasmeen
in der Küche herumtanzt,
und wiederholen den Refrain von *Jolene* noch mal und
noch mal,
als ob es der lustigste Song der Welt wäre.

Das Versprechen

Dr. Derricks Warnungen zum Trotz
sitzen wir jeden Abend am Strand,
rauchen Zigarren und trinken
Minifläschchen Gin,
während ein Lagerfeuer
im Sand lodert.

„Ich bin betrunken", meint Tippi,
lässt sich zurückfallen
und reißt mich mit.

Wir stieren die Mondsichel an,
uns dreht sich der Kopf
und ohne groß darüber nachzudenken
sage ich: „Versprichst du mir, ohne mich
weiterzuleben, falls ich es nicht schaffe?"

Die See verstummt.
Das Feuer legt einen Finger auf seine zischenden Lippen.

„Ich verspreche, Jon zu heiraten", erwidert Tippi
kichernd
und kitzelt mich an der Seite.

„Ernsthaft", sage ich.

Tippi zieht mich wieder hoch und nimmt noch
einen Schluck Gin.
„Ich verspreche es, wenn du es auch tust."

„Mache ich", antworte ich
und küsse sie.

Letzte Nacht

„Ich muss dir was beichten", sagt Jon
in die Dunkelheit hinein.

Ich balle die Hände zu Fäusten
und bereite mich auf das Schlimmste vor.

„Ich hab keine Ahnung, worüber James Joyce
da eigentlich ewig rumschwafelt", gibt er zu.

Ich strecke mich.

„Ich auch nicht", erwidere ich.
„Aber ich liebe es dennoch."

„Ja", meint er.
„Ist es nicht seltsam, wie etwas
so Abstraktes uns dennoch anspricht?"

Er nimmt meine Hand und lässt sie
bis zum Morgen nicht mehr los.

Die Rückkehr

Spitzentanzschuhe hängen an ihrem Satinband
an der Garderobe.
Dicke Stulpen liegen zusammengeknüllt vor der Heizung.
„Irgendjemand zu Hause?", rufe ich.
„Dragon?"

Sie kommt aus dem Bad gehüpft
und schlingt zwei dürre Arme um uns.
„Ich hab euch *vermisst*", sagt sie.
„Ich hab euch Matroschkas mitgebracht. Die waren billig.
Und ich habe einen neuen Freund. Sein Name ist Peter.
Er kommt aus Moskau."

„Tut mir leid, dass du unseretwegen zurückkommen musstest",
sage ich.

Dragon schüttelt den Kopf.
„In Russland ist es arschkalt und Peter hat versucht,
mir an die Wäsche zu gehen.
War schon besser, nach Hause zu kommen.
Außerdem kommt es ja auch nicht jeden Tag vor,
dass meine Schwestern getrennt werden.
Ich wollte hier sein, wenn ..."

Sie läuft davon und kommt mit den Matroschkas zurück.

Ich nehme die erste Puppe auseinander, dann die zweite.
Schicht um Schicht ist sie immer gleich:
perfekte, kreisrunde Apfelbäckchen,
kleine kohlschwarze Augen
und auch die kleineren Ausführungen
offenbaren bei näherem Hinsehen nicht mehr.

„Du suchst nach dem Symbolgehalt, stimmt's?",
meint Dragon.
Sie schnappt sich die Puppen und
steckt sie wieder ineinander.
„Sie stehen für Mutterschaft.
Es geht dabei nicht um *euch*."

Tippi kichert.
„Und dabei hat Grace immer geglaubt,
alles drehe sich nur um uns."

Weihnachten

Wir behängen den Apfelbaum in unserem Garten mit
Lichterketten.
Wir essen zu viel Truthahn und Füllung.
Wir kaufen Geschenke.

Schließlich
ist Weihnachten
und letzten Endes
sind wir auch nicht
anders
als andere Familien.

Neue Haut

Dr. Derrick stellt uns jemand Neues vor:
Dr. Forrester, einen Experten auf seinem Gebiet.
Er ist derjenige, der die Gewebeexpander
– kleine Ballons mit Kochsalzlösung –
unter unsere Haut pflanzen wird, um sie zu dehnen,
damit wir genug davon haben, um die
Wunden der Trennung zu bedecken,
wenn es soweit ist.

Wir sind wach während des Eingriffs,
bekommen nur eine örtliche Betäubung,
kneifen die Augen zu gegen das gleißende Licht und
beobachten, wie die Schwestern und Ärzte
über uns schweben,
ihre Nasen und Münder hinter grünem Mundschutz
verborgen.

Stunden später
stöhnt Tippi, und ich kralle die Finger ins Bettlaken,
damit ich nicht laut aufschreie.
„Wir brauchen Schmerzmittel", murmelt Tippi
und drückt den Rufknopf.

Mein Körper pocht und brennt.

Und dabei sind diese Gewebeexpander erst der Anfang.

„Schon bald wird es aussehen, als wärt ihr von
riesigen Tumoren übersät",
erzählt uns Dr. Forrester am nächsten Morgen.
In seinen Mundwinkeln klebt angetrocknete weiße Spucke.
„Aber das wird nicht lange dauern.
Und ihr könnt nach Hause, solange sie
ihr Wunder vollbringen."

Ohne uns um Erlaubnis zu bitten, drückt er
mit den Händen auf
die Einschnitte
– an unseren Bäuchen, Rücken und Seiten –
und mir wird klar,
dass unsere Körper
nicht länger uns gehören:
Wir haben sie Männern und Frauen anvertraut,
die uns aufblasen und
uns formen
und uns auseinanderschneiden werden,
ohne dabei je innezuhalten und zu fragen:
Seid ihr sicher?

Jon

Ich weiß
er   beabsichtigt nicht zu schaudern, während
er   die Beule an
meiner   Seite berührt, wo die Gewebeexpander wachsen.

Aber
er   schaudert *dennoch,*
er   kann nichts dagegen machen,
        und auf einmal wird mir klar,
dass
er   nicht perfekt ist.

Und
ich   hasse ihn dafür.

Januar

Eine Verschwendung

Wir warten darauf, dass die Haut wächst
und die Ärzte soweit sind.
Alles, was wir noch tun können,
ist warten
und lesen
und fernsehen
und uns der Schwester
fügen,
die jeden Tag zu uns kommt,
um sicherzustellen, dass wir uns nicht übernehmen.

Und langsam denke ich,
all das Warten,
immer nur Warten,
ist eine riesige Verschwendung der
letzten Augenblicke
unseres Lebens.

Passen

So oder so
werden wir bald
nicht mehr eine ganze Kommode voller
extraweiter Hosen und Röcke brauchen,
von den überdimensionalen Schlüpfern ganz zu schweigen,
die wir tragen, seit wir aufs Töpfchen gehen konnten.

Und obwohl wir noch ein wenig Schmerzen haben
wegen der Gewebeexpander,
verbringen wir einige Zeit damit,
alles auszumisten,
was wir nicht mehr werden tragen können,
sobald wir zwei sind,
halten neonorangefarbene Jogginghosen hoch
und fragen uns, warum wir die
überhaupt gekauft haben.

„Wir sollten shoppen gehen", sage ich.
Tippi dreht
den sterlingsilbernen Ring an ihrem
rechten Zeigefinger
wieder und wieder herum.
„Nein", meint sie. „Wir sollten abwarten.
Wir sollten abwarten
und sehen, was geschieht."

Viele

Ich arrangiere die Matroschkas neu,
stelle sie
Seite an Seite auf,
aber
ganz durcheinander,
nehme sie auseinander
und setzte sie wieder zusammen,
verstecke eine in der anderen.
Und es ist mir egal, ob Dragon behauptet,
dass sie nichts mit Tippi und mir zu tun haben;
jedes Mal, wenn ich die zehnte in den Fingern habe,
die kleinste, die im Innersten von allen anderen lebt,
so klein und unbedeutend wie ein Reiskorn,
ertappe ich mich bei dem Gedanken,
sie in den Müll zu werfen,
um zu sehen, wie
die restlichen Puppen
ohne sie
klarkommen.

Wie gefällt dir das zum Thema Symbolgehalt?

Die Welt hat davon gehört

Schließlich
werden wir ins Krankenhaus eingewiesen,
damit man unseren Gesundheitszustand überwachen kann,
und
irgendwie bekommt die Welt rasch Wind davon,
dass wir hier sind
und was
wir vorhaben.
Die Presse
kampiert draußen
vor der Notaufnahme
bei Eis und Schnee
wie verrückte jugendliche Fans einer Boyband,
die auf Konzertkarten warten
oder darauf, einen Blick auf ihre Idole zu erhaschen.

Tippi und ich beobachten, wie die Menge anschwillt,
aus dem fünften Stock,
aber die Einzige, mit der wir reden, ist Caroline.
Nicht dass sie noch viel bei uns wäre,
sie zieht es vor, die Ärzte zu interviewen
oder unsere Eltern,
und lässt uns ziemlich viel allein,
sodass wir Nachmittagsfernsehen anschauen
oder uns fettreduzierten Joghurt
aus der Krankenhauscafeteria kommen lassen.

Auf Wunsch von Dr. Derrick

Dr. Murphy kommt für ihre Sitzung mit mir
nach Rhode Island.
Sie trägt einen dunkelblauen Hosenanzug
und eine dick eingefasste Brille
und sieht so ernst und streng aus,
dass ich weiß, Dr. Derrick muss
ihr gesagt haben,
wie gering die Hoffnung auf
unser Überleben ist.

„Also ...", sagt sie,
schlägt die Beine übereinander
und legt die Hände gefaltet in den Schoß.

Wir beobachten einander.

Der große Zeiger der Uhr bewegt sich schnell.

„Es wird ihr ohne mich gut gehen", lüge ich.

Dr. Murphy nickt.
„Und wie würde es dir ohne sie gehen?"

„Ich wäre ein Nichts", erwidere ich.
„Ich würde verschwinden.
Aber so wird das eh nicht laufen."

„Vermutlich nicht.
Aber lass uns versuchen, dich auf was auch immer passiert
vorzubereiten."

Ich möchte mit meinen Fingernägeln tiefe
rote Striemen in Dr. Murphys Gesicht kratzen.
Ich möchte meine Faust in ihre Eingeweide rammen
und sie damit zum Schreien bringen.
Ich möchte zu ihr *Verpiss dich endlich*
und *Lass mich in Frieden*
und *Hör auf, mich zu zwingen, mir die Zukunft auszumalen*
sagen.

Ich tu's nicht.
Ich lasse den Kopf hängen.
Spreche in meinen Schoß.
„Ich hab eine Scheißangst."

Zum allerersten Mal in all den Jahren
beugt sich Dr. Murphy vor
und nimmt meine Hand.
Sogar Tippi schaut auf.

„Ich hab auch eine Scheißangst",
antwortet Dr. Murphy.

Die Macht der Wahrnehmung

Dr. Forrester kontrolliert die Hautpartien, an denen seine
Gewebeexpander
unsere Flanken haben anschwellen lassen.
„Sieht ganz wunderbar aus, Mädels", meint er,
während er an den Beulen herumfingert.
Was andere hat erschaudern lassen,
bringt Dr. Forrester zum Grinsen,
was eine
ganze Menge
über die
Macht der Wahrnehmung
aussagt.

Technisches

Dr. Derrick erklärt uns die Vorgehensweise ein Dutzend Mal
an Puppen und Diagrammen.
Die Trennung allein wird über achtzehn Stunden dauern
und dann bekomme ich das Kunstherz angepasst
und Medikamente injiziert, die mich
am Leben halten.
Sie werden uns beide ins künstliche Koma versetzen
für mindestens
eine
Woche,
um uns
die Schmerzen der Genesung zu ersparen.

Falls ich aufwache ...
Falls ich überlebe ...
komme ich auf eine Liste.

Ich komme auf eine Transplantationsliste für ein Herz
und warte
wie ein blutrünstiger Aasgeier darauf,
dass sich in einer anderen Familie eine Tragödie ereignet.

Je mehr er erklärt,
desto mehr klingt es wie Zauberei.

Ich meine,
wie können sie unsere unteren Körperhälften rekonstruieren,

sodass wir am Ende zwei vollständige Körper haben?
Wir teilen uns den Großteil des
Darms,
aber Dr. Derrick meint, das sei kein Problem.
Wir teilen uns die Geschlechtsteile,
aber Dr. Derrick meint, die gibt er
Tippi und
stellt mich so wieder her,
dass ich genau wie jedes andere Mädchen aussehe, wenn er
fertig ist.

Aber das ist gelogen.

Auf jeden Fall hinterfrage ich es nicht
und ich
frage auch nie, warum er beschlossen hat,
Tippi die Originalteile zu geben,
denn es ist ein kalter,
harter
Fakt,
dass von uns beiden
ich diejenige bin, deren Chancen,
lebend aus dem OP zu kommen,
sehr,
sehr
gering
sind.

Tod

Wie fühlt sich der Tod an?
Wie Schlafen?
Wie in einem dunklen und lautlosen Traum zu sein?

Vielleicht wäre das okay –
wenn er nicht mehr als das
Nichts wäre.

Aber ich mache mir etwas vor.

Es muss schlimmer sein als das, ansonsten würden die Leute
ihn doch nicht so
sehr
scheuen.

Vielleicht ist der Tod weiß und

blendend.

Vielleicht ist er ein Mangel an Schlaf,

ein reines Erwachen –

eine ohrenbetäubende Wirklichkeit,

die wahrhaft
unerträglich ist.

Aber niemand wird je wissen,
wie er sich anfühlt,
bis er dort ankommt.

Alles, was ich jetzt weiß, ist, dass er
aussieht wie
ein messingbeschlagener Sarg, der
in die Erde
hinabgelassen wird,

und
ich habe absolut kein Interesse
in
so ein Ding
zu kommen.

Experimentell

Jon besucht uns im Krankenhaus,
ohne Yasmeen.
Er legt ein Bund welkender weißer Rosen
neben das Bett
und macht sich auf, eine Vase zu holen
und Wasser und ein paar Tropfen Limo,
um den Blumen wieder Leben einzuhauchen.
„Hast du dich mit Yasmeen gestritten?", fragt Tippi.

„Yasmeen und ich? Nein. Sie ist auf einer Hochzeit", erklärt er.
„Und ich wollte nicht warten.
Ich wollte euch sehen."

Er bleibt ein paar Stunden und als er geht,
umarmt er uns beide,
dann küsst er mich flüchtig
– nicht mit seinem ganzen
Wassermelonenmund –,
nur seinen Lippen,
die er fast schon keusch
auf meine drückt.

Als er weg ist, fragt Tippi:
„Was hat das zu bedeuten? Habt ihr was miteinander?"

Ich zucke die Schultern.
„Glaube nicht."

„Vielleicht bist du ein Experiment", meint sie.
„Auf der anderen Seite – welche Beziehung ist das nicht?"

„Hast du gerade versucht, etwas Nettes zu sagen?",
hake ich nach
und knuffe sie.

Sie grinst. „Zur Hölle mit dir!"

Ich träume

Von ihm.
Träume von uns,
miteinander verbunden Brust an Brust,
die Herzen vereint.

Aber wohin ist Tippi verschwunden?

Ich kann sie weder sehen,
wenn ich nach ihr Ausschau halte,
noch sie hören, wenn ich
nach ihr rufe.

Er sagt: „Du hast doch mich."

Aber als ich aufwache,

schreiend,

schwitzend,

weinend,

weiß ich, dass
er

nicht genug
ist.

Klettern

Unsere Familie schmeißt eine *Viel Glück*-Party für uns
und wir tun alle so, als sei es keine
Abschiedsparty.

Alle kommen.

Cousins, die wir nicht mehr gesehen haben,
seit sie im Stimmbruch waren,
Ärzte, die wir schon unser Leben lang kennen,
und sogar Mrs James von der Hornbeacon High, die
uns schon mal vorwarnt, dass wir keine
Sonderbehandlung kriegen, wenn wir zurück zur Schule
kommen.
„Ihr werdet eure Abschlussprüfungen genauso machen
müssen, wie alle anderen auch", sagt sie.
Sie versucht, nett zu sein, aber es
ist Schwachsinn;
falls wir überleben,
werden wir nicht mehr laufen können
und eine Sonderbehandlung wird
genau das sein, was wir brauchen.

Yasmeen und Jon drehen die Musik so laut auf,
dass eine Schwester mit einem Thermometer in der Hand
reinkommt
und uns ermahnt, leiser zu sein, denn wir stören die anderen
Patienten.

Als alle gehen,
klopft Yasmeen unsere Seiten ab,
als suche sie Kleingeld in unseren Taschen.
„Bis bald, Arschlöcher", sagt sie
und verschwindet,
unfähig, noch etwas zu sagen.
Jon legt seine Arme um uns beide und
seinen Kopf auf meine Schulter.
„Es ist immer kompliziert gewesen, weißt du."
Ich erlaube meinem stolpernden Herzen ein paar letzte Schläge
für ihn,
bevor
ich mich zurückziehe.
„Nicht heute", sage ich.

Caroline lässt Paul ein Foto
von uns machen,
ihr Gesicht zwischen unsere gequetscht,
mit Schokokuchen an ihrem Kinn.
Sie sagt ungefähr drei Sekunden lang „Cheese"
und benutzt das Foto dann als Hintergrundbild für ihr Handy.
„Ich komme bald für die Anschlussinterviews vorbei, ja?",
meint sie.
Sie drückt unsere Knie.
„Ihr zwei seid bezaubernd."

Die Musik ist ausgeschaltet.

Das Essen abgeräumt.

Grammie schaltet den Fernseher ein
und Mum und Dad gehen in ein anderes Zimmer, um noch
mehr Papiere zu unterschreiben.
„Ich hab meine Löffelliste noch nicht ganz abgearbeitet",
sage ich laut,
und Dragon rückt mit ihrem Stuhl näher.
„Eine Löffelliste?", fragt sie.

Ich schlucke. „Eine Liste mit Dingen, die man noch machen
will, bevor man den Löffel abgibt", erkläre ich.

Dragon zuckt zusammen und ihre Augen werden ganz groß,
während sie versucht, die Tränen zurückzuhalten.

„Grace ist noch nie auf einen Baum geklettert",
erzählt Tippi ihr.

„Na, dann lasst uns losziehen und das machen", sagt Dragon.
Sie reicht uns unsere Krücken.

Eine Krankenschwester hält uns am Aufzug an.
„Gibt es ein Problem?", fragt sie
und fasst mich am Ellenbogen.

„Wir brauchen ein bisschen frische Luft", antworte ich.

Die Schwester schüttelt den Kopf.
„Nein. Nein, ich glaube nicht, dass das eine gute Idee wäre."

„Aber sonst kotzt sie", sagt Tippi.
„Holen Sie ihr wenigstens einen Rollstuhl."

Die Schwester schaut den leeren Gang hinauf und hinunter.

„Na gut.
Wartet hier.
Lasst mich einen holen gehen,
und dann begleite ich euch."

„In Ordnung", meint Tippi,
und sobald die Schwester außer Sichtweite ist,
schlüpfen wir in den wartenden Aufzug
und fahren
runter
ins Erdgeschoss
und laufen dann auf den Parkplatz,
um
nach Bäumen Ausschau zu halten.

„Da!", ruft Dragon
und deutet quer über den Parkplatz auf eine Eiche
mit schräg ausgestreckten Ästen wie ein Krake beim Yoga.

Wir warten auf eine große
Lücke im Verkehr
und überqueren die Straße.
Beim Baum angekommen macht Dragon eine Räuberleiter,
schiebt uns
mit aller Kraft hoch
bis zum untersten Ast, wo wir einen Moment sitzen bleiben,
um wieder zu Atem zu kommen.
Dann ziehen wir uns hoch
in die zweite Ast-Etage.

Der Verkehr übertönt die Geräusche
der Kreaturen der Nacht.

Die Lichter der Stadt überstrahlen die Sterne.

„Scheißegal, was morgen passiert.
Wir sind schon weiter gekommen,
als je irgendjemand gedacht hätte",
sagt Tippi
und lässt ihr Bein baumeln.
Und ich weiß, sie redet nicht davon,

diesen Baum zu erklimmen.
„Ich bin beinahe glücklich.
Du nicht auch?"

Ein Trecker tuckert die Zufahrtsstraße entlang.

Die Luft ist kalt.

„Ich bin glücklich", gebe ich zurück.
„Aber ich hab solche Angst.
Was, wenn ich aufwache und du weg bist?
Ich will nicht ohne dich aufwachen."

Einige Feuerwehrautos brausen heran und ihre
blauen Lichter flackern.
Als sie vorbeirasen,
verlangsamt sich der Verkehr und
teilt sich, um sie durchzulassen –
diese verzweifelte Kavallerie.

„Kommt ihr wieder nach unten?", ruft Dragon.

„Tun wir das?", frage ich Tippi.

„Natürlich gehen wir unter", sagt sie.
„Und wir gehen zusammen unter."

Nüchtern

Tippi bittet eine Krankenschwester um etwas Wasser,
bekommt aber eine Absage –
„Das könnte sich nachteilig auf das auswirken,
was die Anästhesisten geplant haben",
erklärt die Schwester.
„Aber ich geh dir ein paar Eiswürfel holen."

Tippi wirft die Hände in die Luft.
„Ich kann es kaum glauben, dass uns nicht mal eine
Henkersmahlzeit angeboten wurde",
sagt sie,
obwohl wir uns
den ganzen Nachmittag
an Kuchen und Keksen dumm und dusselig gefressen haben.

Grammie kneift Tippi ins Ohr.
„Henkersmahlzeiten sind nur für die Idioten in der Todeszelle.
Und euch wird es *prima* gehen."

Tippi zitiert keine Statistiken,
sondern kneift sie zurück und sagt:
„Wenn ich in deinem Alter wäre, würde ich
jeden Abend
meine Henkersmahlzeit essen."

Dad lacht schallend und stupst Grammie spielerisch an.
Sie streckt die Zunge raus.
„Ich werde euch alle überleben", sagt sie.

Schlagartig wird es still im Zimmer.

Das ist das Letzte, was Grammie sagt,
bevor sie in Tränen aufgelöst den Raum verlässt.

Die Menschheit kann nicht
sehr viel Realität vertragen

„Ich komme morgen früh nicht mit ins Krankenhaus",
sagt Dragon, bevor sie geht.
Sie lehnt sich auf ihren Absätzen zurück,
saugt an ihrer Unterlippe.
„Ich denke, ich werde den Tag in der Ballettschule verbringen.
Ich hab einen Auftritt in zwei Wochen und meine Drehungen
sind schlampig.
Ich hoffe, das macht euch nichts.
Ich hoffe, ihr glaubt nicht –"

„Natürlich nicht, Dragon", sagen wir gemeinsam.
Wir verstehen, dass sie sich ablenken möchte.
Und wir haben nichts davon, wenn sie
vierundzwanzig Stunden lang
einen Snackautomaten anstarrt
und darauf wartet, dass sich die OP-Türen öffnen,
darauf, dass Dr. Derrick auftaucht, den OP-Bericht
ins Gesicht geschrieben.

„Aber ich werde an euch denken.
Ich will, dass ihr wisst –"
Sie hält inne, umklammert sich selbst
und sieht jede von uns an.

Tippi, dann mich.

Tippi, dann mich.

„Ich will, dass ihr wisst –",
versucht sie es noch mal,
aber sie kann nicht zu Ende sprechen.
Ihre Stimme bricht
und die Tränen kommen hoch.

„Ich weiß, was du sagen willst", bringe ich hervor.
„Es ist in Ordnung, es nicht zu sagen."

Sie drückt uns beiden einen Kuss auf die Wange,
dann schnappt sie nach Luft,
dreht sich rasch um
und rennt aus dem Zimmer.

Alarmstufe Rot

Die Nachtschwester,
eine rundliche Frau in den Fünfzigern mit
dichten grauen Locken
und einem Hauch von einem Damenbart,
kommt in unser Zimmer
mit etwas, das wie eine Flasche
roter Nagellack aussieht.
„Mir wurde gesagt, ich soll Grace' Fingernägel lackieren",
sagt sie.
„Die Ärzte wollen wissen,
wer diejenige mit dem Herzproblem ist."
Sie versucht sich an einem Lächeln,
aber es geht verloren, bevor sich ihre Mundwinkel
bis ganz nach oben
ziehen können.

„Ich lackiere sie", erwidert Tippi
und nimmt der Schwester den Nagellack aus der Hand.
Trotzdem bleibt die Schwester, bis alle Nägel
rot sind.

„Danke", sage ich zu Tippi,
die auf meine Fingernägel pustet,
wie sie das immer tut,

und
ich rede mir ein,
dass es vollkommen Sinn ergibt –
dass die Ärzte auf Nummer sicher gehen *sollten*,
um morgen jegliche Fehler zu vermeiden.
Aber ich werde den Gedanken nicht los,
dass der rote Nagellack den Ärzten weniger darüber sagt,
auf wessen Herz sie achtgeben müssen,
sondern mehr darüber,
wessen Leben sie aufgeben sollen,
wenn es drauf ankommt.

Vor dem Zubettgehen

Ich klinke den Verschluss des Hasenpfotenanhängers
um meinen Hals auf
und lege ihn auf den Nachttisch,
bevor ich das Licht ausmache.

Ich will ihn nicht mehr.

Ich brauche ihn nicht.

Glück ist eine Lüge.

Die ganze Nacht

Die ganze Nacht liegen Tippi und ich mit unseren Armen
wie Taue
umeinander verschlungen.
Ich vergrabe mein Gesicht an ihrem Hals
und sie wacht hin und wieder auf,
nur um mir einen Kuss auf den Kopf zu drücken.
Als die Vögel zu zwitschern beginnen
und der Himmel sich pfirsichfarben färbt,
liegen wir da und schauen einander an,
unsere Augen zu erschöpft für Tränen.
Tippi rubbelt ihre Nase an meiner.
„Es wird alles gut werden", sagt sie.
„Selbst wenn es nicht gut wird, ist es das doch."

21. Januar

Trennungstag

Mum umklammert unsere Hände, Dad hält Mum aufrecht.
„Wir lieben euch,
wir lieben euch,
wir lieben euch", sagen sie
wieder und wieder
wie eine Zauberformel.
Eine Schwester hält sie zurück
und die Schwingtüren zum OP verschlucken uns.

Es kommt mir so vor, als seien tausend Leute in dem Saal,
doch als wir reinkommen, verstummen sie.

Dr. Derrick tritt in den Mittelpunkt.
„Bereit?", fragt er.

Wir werden auf den OP-Tisch geschoben
wie Fleisch auf einen Hackklotz.

„So bereit, wie wir nur sein können", sagt Tippi.

Dr. Derrick beugt sich zu uns runter, sodass nur wir
ihn hören können.
„Ich tue mein Bestes,
um euch zusammenzuhalten.
Ich tue mein Allerallerbestes."

Ich drücke Tippis Hand und sie dreht den Kopf auf die Seite,
um mir direkt in die Augen zu blicken.
„Wir sehen uns später, Schwester", sagt sie
und drückt ihre Lippen auf meine,
wie sie es immer getan hat, als wir noch klein waren.

„Später", erwidere ich.

Wir lehnen unsere Köpfe gegeneinander
und atmen Stille ein.

29. Januar

Ich drehe meinen Kopf und
sehe mich nach Tippi um

Sie ist nicht da.
Weder neben mir im Bett
noch überhaupt
im Zimmer.

Es ist geschehen.

Ich bin am Leben und ich bin
allein
in einem Land mit
so viel
Platz.

Es ist geschehen.

Krank

Mum, Dad und Grammie drücken alle verschiedene
Teile meines Körpers,
klammern sich an mir fest, als ob ich ihnen
entgleiten könnte, wenn sie es nicht täten.
Dragon steht am Fußende des Bettes.
Ihre Augen sind rot gerändert,
ihr Gesicht eingefallen.
Mum schluchzt.
Dad schnieft.
Grammies Nasenflügel beben.
Dragon ist die Einzige, die sprechen kann.
„Deinem Körper geht es gut mit dem Kunstherz",
erklärt sie mir.
„Und sie haben dich auf eine Liste gesetzt.
Du stehst auf einer Liste für ein neues Herz, Grace."
Ein schiefes Lächeln.
„Aber Tippi geht es nicht so gut.
Sie hat viel Blut bei der Operation verloren
und jetzt
hat sie eine Infektion.
Sie ist ziemlich krank.
Also,
sehr krank."

„Ich will sie sehen", sage ich.
„Ich will bei ihr sein."

Dragon nickt.
„Wir wussten, dass du das sagen würdest."

Festhalten

Tippi ist an genauso viele Drähte und Schläuche angeschlossen
wie ich.
Sie liegt in einem Zimmer auf der Isolierstation,
Ärzte drücken sich leise murmelnd in einer Ecke herum,
ein Monitor fiept ständig
neben ihr.

Die riesige Wunde an meiner Hüfte brennt.
Mein Magen krampft sich zusammen.
Das Schlucken zerschneidet mir die Kehle.

„Legt mich neben sie", verlange ich.

Die Ärzte schütteln die Köpfe und
die Schwestern fügen sich, auf gar keinen Fall werden sie
sich ihren Vorgesetzten widersetzen.

„Lasst mich neben ihr liegen", flehe ich.

Dad grummelt und ohne um Erlaubnis zu fragen,
schiebt er mein Krankenbett so nah an Tippis heran,
wie er nur kann.
„Hilf mir, deine Schwester rüberzulegen", sagt er zu Dragon,
und auf einmal springen die Ärzte durch den Raum,

und
ich gleite sanft
in Tippis Bett
zusammen mit einer Tasche
von der Größe eines Laptops,
die mich am Leben hält.

Mein ganzer Körper pocht und ich schreie auf.

Aber Tippi rührt sich immer noch nicht.

Ihr Atem ist zart wie Spitze,
ihr Gesicht ruhig,
als ob sie nie erwartet hätte, dass es anders laufen würde.

Ich schlinge meine Arme um sie.

Versuche, sie festzuhalten.

Untergehen

Am Morgen sind Tippis Augen
nicht mehr als schmale Schlitze, die kaum Licht durchlassen.
Mit den Fingerspitzen streiche ich über ihre Lippen.
„Hallo", sagt sie
mit kaum hörbarer Stimme
und noch mal: „Hallo."

Dem Schmerz zum Trotz drücke ich meinen Brustkorb
gegen sie,
versuche, unsere Körper miteinander zu verschmelzen.

Sie zuckt zusammen und schüttelt den Kopf.
„Ich gehe unter", sagt sie.

„Tust du nicht", lüge ich.

Tippi bringt ein kleines Lachen zustande,
all ihre Skepsis liegt darin.
„Denk an dein Versprechen", ermahnt sie mich.

Was soll ich tun?
Ich weiß es nicht,
also sage ich die Worte, die ich hören wollen würde:
„Geh, wenn du musst."

Ein Lächeln umspielt ihren Mundwinkel, als
sich ihre Augen schließen.
Ihre Augen schließen sich
und öffnen sich nicht mehr.

„Geh", wiederhole ich.
„Geh, geh, geh."

Von uns gegangen

Dr. Derrick steht über mich gebeugt
in einem sauberen weißen Kittel,
sein Stethoskop baumelt
wie eine hässliche Kette von seinem Hals.

Dad steht neben ihm,
ein ergrauter Bart ist ihm gewachsen.
Mum steht an der Tür,
im Schatten.

„Kannst du mich hören?", fragt Dr. Derrick.

Ich kann hören,
aber ich bewege mich nicht.

Ich blinzele und er redet weiter.

„Tippi ist von uns gegangen", sagt er.
„Alles, was ich sagen kann, ist, es tut mir leid.
Es tut mir so sehr leid,
aber ich weiß, das ist nicht genug."

„Raus", sage ich,
wende mich von allen ab und
hasse sie alle gleichermaßen.

Tippi

Tippi? Tippi? Tippi? Tippi? Tippi? Tippi? Tippi?
Tippi? Tippi? Tippi? Tippi? Tippi? Tippi? Tippi?
Tippi? Tippi? Tippi? Tippi? Tippi? Tippi? Tippi?
Tippi? Tippi? Tippi? Tippi? Tippi? Tippi? Tippi?
Tippi? Tippi? Tippi? Tippi? Tippi? Tippi? Tippi?
Tippi? Tippi? Tippi? Tippi? Tippi? Tippi? Tippi?
Tippi? Tippi? Tippi? Tippi? Tippi? Tippi? Tippi?
Tippi? Tippi? Tippi? Tippi? Tippi? Tippi? Tippi?
Tippi? Tippi? Tippi? Tippi? Tippi? Tippi? Tippi?
Tippi? Tippi? Tippi? Tippi? Tippi? Tippi? Tippi?
Tippi.

Ich verzehre mich

Ich heule und ich schreie.
Ich verzehre mich nach meiner Schwester.
„Tippi", wispere ich in die Dunkelheit.

Ich heule und ich schreie.
Ich verzehre mich nach meiner Schwester.
„Tippi", erflehe ich von der Dunkelheit.

Ich heule und ich schreie.
Ich verzehre mich nach meiner Schwester.
Ich heule und ich schreie.
Ich verzehre mich nach meiner Schwester.

Ich verzehre mich nach meiner Schwester mit meinem Blut
und meinen Knochen,
mit meinen Gliedmaßen und meinen Adern.
Ich verzehre mich nach mir selbst.
„Ich liebe dich", sage ich ihr
und ich verzehre mich.

„Ich vermisse dich", sage ich ihr
und ich verzehre mich.

Und dieser Schmerz,
dieser Schmerz,
er will einfach nicht
verschwinden.

Ihr Herz

Ich will es in mir.
Ich will nicht, dass sie es wegschmeißen.
Ich will es in mir.
Um mich zu retten.
Um es zu retten.
Um sie zu retten.
Ein kleines bisschen von ihr.

„Tippis Herz war nicht gesund genug,
um es für eine Transplantation zu verwenden",
murmelt Dr. Derricks Stimme.
„Und überhaupt ist es zu spät.
Dafür ist es viel zu spät
jetzt."

Und ich weiß, es ist wahr.
Aber es ist so eine Verschwendung.
Tippi hatte immer
ein sehr starkes
Herz.

Heilung

Eine Krankenschwester mit Drahthaaren steht an meiner Seite.
Ein Latexhandschuh drückt auf meinen Arm.

Mein Körper brennt von
innen
nach außen.
Ich spüre ein Hämmern in meinen Knochen,
dumpfe Schläge hinter meinen Rippen,
ein Stechen, als ob mir Glassplitter
überall in die Haut gepiekt würden.

Der Schmerz ist erschöpfend und endlos.

Es ist
mehr, als ich je geglaubt habe,
fühlen zu können.

Ich krächze,
und der Latex legt sich fester um meinen Arm.
„Hast du Schmerzen?", fragt die Schwester.

„Ja", antworte ich ihr.

Sie fummelt an einem Beutel
mit einer klaren Flüssigkeit herum,
der neben meinem Bett hängt,
als ob ein Nachschlag an Morphin es schon richten würde.

„Wird gleich besser", sagt sie.

Aber wie kann das stimmen?
Wie kann irgendetwas, das sie mir verabreicht,
mir diesen Schmerz nehmen?

Stimmen an meinem Bett

Sie braucht
etwas frische Luft.
Sie braucht
mehr Schmerzmittel.
Sie braucht
ihr Zuhause.
Sie braucht
unsere Gebete.
Sie braucht
ihre Familie hier,
ihre Freunde um sich.
Sie braucht
eine Chance zu trauern,
eine Chance zu reden,
eine Chance zu lachen.
Sie braucht
Wasser,
Medikamente,
Ruhe,
Zeit.

Doch ich brauche
nichts
davon.

Was ich brauche,
ist
Tippi.

Februar

Fortschritt

Heute habe ich einen halben Cracker gegessen,
und die Ärzte sind sehr zufrieden.

Magersüchtig

Dragon ist die Erste, die ich zu mir lasse.
Sie sitzt zu meiner Rechten,
versucht nicht, die klaffende Lücke an meiner Linken zu füllen,
und redet über das Wetter –
den Schnee, der heute in Hoboken
einen Meter hoch liegt.
Und über Dad,
der wieder zu Hause eingezogen ist
und seit Wochen nicht mehr getrunken hat,
soweit sie weiß.

Dragons Knochen stechen durch ihre Haut hervor.
Ihr hageres Gesicht wirkt gespenstisch.
„Bist du magersüchtig?", frage ich
und bin auf einmal sicher, dass sie es ist,
und sauer auf mich selbst,
dass ich nicht früher etwas gesagt habe.

Sie nickt. „Schätze schon."

„Das hätte Tippi total angekotzt", erkläre ich ihr.
„Wir müssen was dagegen unternehmen."

Dragon legt ihren Kopf auf mein Kissen
und schluchzt kurz auf.
„Ich vermisse sie auch", sagt sie.
„Wir alle.
So, so sehr."

Genesung

Ich sage Mum, sie sollen die Beerdigung
nicht länger aufschieben,
dass ich noch viele Monate im Krankenhaus sein werde
und ich Tippi nicht warten lassen möchte.

Stattdessen bringe ich Paul dazu,
den Gottesdienst aufzuzeichnen,
– was er tut –,
und er legt eine dünne silberne DVD neben mein Bett,
damit ich mir anschauen kann, wie es vonstattengegangen ist.

Wenn ich stärker bin, werde ich es mir anschauen.

Ich werde mir meine Tante Anne anschauen,
wie sie von einem Vogel mit weiten Schwingen singt,
Yasmeen, wie sie ein Gedicht darüber vorträgt,
die Herzen der Toten in unseren Herzen zu tragen,
meinen Vater, meine Onkel und Jon, wie sie Tippis Sarg
zu einem Loch in der Erde tragen und
ihn darin hinablassen.

Das alles werde ich machen.
Aber für den Moment bin ich im Krankenhaus und muss
wieder zu Kräften kommen,
muss die Wunden verheilen lassen
und darauf warten, dass die Ärzte mein Herz herausschneiden
und es durch eines ersetzen, das nicht gebrochen ist.

„Die Zeit heilt alle Wunden", erklärt mir Dr. Murphy,
und obwohl ich ihr nicht glaube,
lasse ich Zeit verstreichen.

Ich lasse Zeit verstreichen
und
ich lebe.

Ich lebe in der Hoffnung,
dass bald,
sehr bald,
ein anderes, menschliches Herz
in mich
hineingestopft werden wird.
Ich lebe in der Hoffnung,
dass das Herz eines Toten
mich wiederbeleben wird.

März

Reden

Caroline kommt allein,
ohne Paul oder Shane,
nur sie und eine Kamera,
obwohl sie meint, es sei zu früh.

Vielleicht hat sie recht, aber
trotzdem
richtet sie sie am
Fußende meines Bettes ein und
fängt an zu drehen.

„Ich möchte reden", sage ich.
„Ich möchte es aussprechen."

„Gut", erwidert Caroline.

Ich wende meinen Kopf nach links,
um Tippi anfangen zu lassen,
vergesse, dass ich ein Einling bin.

Das wird mir
den Rest des Lebens so gehen:
Ich werde mir nie merken können,
dass sie nicht mehr da ist.

„Mach weiter", sagt Caroline.

Und das tue ich.

Ich mache weiter.

Meine Geschichte

Das ist meine Geschichte.
Es ist allein meine, denn ich bin die, die sie erzählen muss.
Ich bin die, die noch da ist,
nicht mehr Bühnenrechts sondern

Bühnenmitte.

Es ist eine einzige Geschichte,
nicht zwei, wie die Körper zweier Liebender
ineinander verschlungene Erzählungen,
wie man erwarten könnte.

Und überhaupt, Tippi war
immer ziemlich gut darin, sich Gehör zu verschaffen.

Ich habe mich lange Zeit vor der Welt versteckt.

Ich bin ein Feigling gewesen.

Aber hier ist meine Geschichte.

Die Geschichte, wie es ist, zwei zu sein.
Die Geschichte, wie es ist, eins zu sein.

Die Geschichte über uns.

Und es ist ein Nachruf.

Ein Nachruf auf die Liebe.

Anmerkung der Verfasserin

Obwohl dieser Roman ein fiktives Werk ist, basieren die Leben von Tippi und Grace, ihre Gefühle darüber, zusammengewachsen zu sein und viele nähere Einzelheiten dazu, wie die Öffentlichkeit auf sie reagiert, auf einer Verschmelzung von Geschichten echter siamesischer Zwillingspaare, sowohl noch lebender als auch bereits verstorbener. Besonders hilfreich waren mir die Bücher *Conjoined Twins: An Historical, Biological and Ethical Issues Encyclopedia* von Christine Quigley und *Very Special People* von Frederick Drimmer sowie eine Reihe von Dokumentationen zu diesem Thema, insbesondere *Horizon: Conjoined Twins* der BBC2 und *Abby and Brittany: Joined for Life* der BBC3.

Auch die Schriften der Ethikerin Alice Dreger über siamesische Zwillinge und Menschen mit körperlichen Fehlbildungen haben grundlegend dazu beigetragen, mir eine Meinung zur chirurgischen Trennung zu bilden. Da jeder Fall von siamesischen Zwillingen einzigartig ist, basieren die fiktiven medizinischen Sachverhalte in diesem Roman auf Gesprächen mit führenden Herzspezialisten des *University College London*, des *Great Ormond Street Hospital for Children* und in ganz besonderem Maße mit Edward Kiely, einem der weltweit führenden Chirurgen für siamesische Zwillinge.

Es mag für einen einzeln geborenen Menschen überraschend sein, aber siamesische Zwillinge betrachten sich selbst und ihre Leben nicht als Tragödien. Zwei solcher Zwillinge sind die 1990 in Minnesota geborenen Abby und Brittany Hensel, die gesagt haben, sie möchten niemals getrennt werden. Abby und Brittany sind bereits in vielen Fernsehsendungen und Dokumentationen aufgetreten in der Hoffnung, dass man sie so normal wie möglich leben lässt, wenn sie der Öffentlichkeit Einblick in ihr Leben gewähren. Sie haben ihr College-Studium abgeschlossen, haben mit ihren Freunden Europa bereist und arbeiten jetzt als Grundschullehrerinnen. Sie sind ein Beweis dafür, dass eine Trennung, vor allem eine Trennung, die einen Zwilling einem besonders hohen Risiko aussetzen würde, nicht immer die beste Wahl ist.

Viele siamesische Zwillinge haben erfüllte und glückliche Leben geführt und etliche von ihnen haben geheiratet und Kinder bekommen. Die vermutlich berühmtesten siamesischen Zwillinge der Geschichte waren Chang und Eng Bunker (ursprünglich aus dem Land, das damals Siam hieß, daher die Bezeichnung „siamesische Zwillinge"), auf die ich in diesem Buch Bezug nehme. Sie haben zwei amerikanische Schwestern geheiratet, abwechselnd in zwei verschiedenen Haushalten gelebt und einundzwanzig Kinder gezeugt. Ihre Nachfahren treffen sich heute noch regelmäßig und feiern das Vermächtnis dieser beiden Männer.

Das soll nicht heißen, dass es alle siamesischen Zwillingspaare immer leicht gehabt haben. Der Körperbau von Tippi und Grace basiert vage auf dem von Masha und Dasha Krivoshlyapova, deren Mutter man sagte, sie seien bei der Geburt gestorben und an denen russische Wissenschaftler dann über zwanzig Jahre lang Experimente durchgeführt haben. Die meisten siamesischen Zwillinge werden tot geboren und diejenigen, die überleben, haben aufgrund ihrer körperlichen Fehlbildungen – häufig angeborene Herzfehler – nur eine geringe Lebenserwartung.

Für diesen Roman zu recherchieren, ist oft schmerzhaft gewesen. Ich war viele Stunden lang in Tränen aufgelöst, während ich Geschichten über Eltern las oder anschaute, die ihre Kinder verloren, oder einen Zwilling, der seinen oder ihren anderen Zwilling verloren haben. Aber letzten Endes war es mir eine große Ehre, diesen Roman zu schreiben. Es war für mich nicht nur als Autorin, sondern auch als Mutter, Freundin, Ehefrau und Tochter eine unschätzbar wertvolle Erfahrung, die Zeit und den Raum zu bekommen, darüber nachzudenken, was es bedeutet, ein Individuum zu sein, und noch wichtiger, was es heißt, einen anderen Menschen zu lieben.

Danksagung

Etliche Menschen verdienen es, an dieser Stelle genannt zu werden. Viele mehr als die, für die ich hier Platz habe. Aber ganz besonderer Dank gilt meiner Agentin Julia Churchill dafür, dass sie mich von der ersten Sekunde an in diesem Projekt unterstützt hat. Ein Dankeschön auch an meine einfühlsamen und umsichtigen Lektorinnen Martha Mihalick und Zoë Griffiths sowie an alle bei Greenwillow New York und Bloomsbury London dafür, dass sie so verdammt genial sind – immer.

Des Weiteren bin ich folgenden Personen auf unterschiedlichste Art und Weise für ihre Unterstützung, Großzügigkeit, Freundlichkeit, harte Arbeit oder Tapferkeit zu Dank verpflichtet: Professor Aroon Hingorani, Professor Andrew Taylor, Mr Edward Kiely, The Britisch Library, Repforce Ireland, Combined Media, Jennifer Custer, Hélène Ferey, Chris Slegg, Emma Bradshaw, Zareena Huber, Nikki Sheehan und Andi Luca. Danke natürlich auch an meine Freunde und Familie, vor allem Andreas, Aoife, Jimmy, Mum, Dad sowie die Donegal- und New Jersey-Clans für ihre immerwährende Liebe – ihr rockt die Party!

Sarah Crossan wuchs in Irland und England auf.
Sie studierte zunächst Philosophie und Literatur
und ließ sich dann in Cambridge zur Lehrerin für
Englisch und Theater ausbilden. Seither kümmert sie sich
um die Förderung von kreativem Schreiben an Schulen.
Für ihre Werke wurde sie mehrfach ausgezeichnet,
u. a. mit der renommierten Carnegie Medal.
Im Mixtvision Verlag erschienen bereits ihre Romane
„Die Sprache des Wassers", „Nicu & Jess" sowie
„Wer ist Edward Moon?", der 2019 mit dem Deutschen
Jugendliteraturpreis ausgezeichnet wurde.